El pou darrere la porta

El pou darrere la porta

Josep Sampere

Premi Barcanova de literatura infantil i juvenil

En la convocatòria de l'any 2008
aquesta obra va obtenir el primer premi.

BARCANOVA
EDITORIAL

Equip editorial:

Projectes: Sara Moyano
Edició: Montse Ballaró
Realització de la coberta: Míriam Corchero
Assessorament literari: Pere Martí
Disseny de la col·lecció: Editorial Barcanova

Fotografies de la coberta: AGE-Fotostock

Rosa Sensat, 9-11, 4a planta
08005 Barcelona
Telèfon 932 172 054. Fax 932 373 469
barcanova@barcanova.cat
www.barcanova.cat

Segona edició: setembre de 2010
Quarta impressió: octubre de 2017
DL B. 33861-2010
ISBN: 978-84-489-2456-0

Printed in Spain

A la Núria, per acompanyar-me sempre fins al final.

ÍNDEX

1

L'ascensor es va aturar al divuitè pis, tot i que l'Àlex anava al vintè. No era el primer cop que passava, ni el segon. Era, concretament, el tercer.

L'Àlex va mirar-se un moment al mirall ple de ditades de la cabina. Va arronsar les celles amb un aire teatral, com si estigués «profundament» desconcertat. Després va allargar el dit i va polsar repetidament el botó del vintè pis.

L'ascensor no va donar senyals de vida.

«No diuen que al tercer cop no falla?», va pensar, empipat.

Va posar-se bé la bossa que duia en bandolera, farcida de llibres de la biblioteca, i va sortir de l'ascensor caminant feixugament (exagerava), com si es disposés a emprendre l'escalada d'una muntanya.

Al replà, davant de l'entrada del divuitè B, hi va trobar una noia. Havia deixat la porta mig oberta, i del fons del pis arribava esmorteït el xivarri de la televisió.

—Hola! —va fer l'Àlex, en passar pel seu davant. S'havia encreuat amb ella unes quantes vegades, en diferents llocs de l'edifici, però no hi havia parlat mai. De fet, no havia canviat una paraula amb un noranta per cent dels veïns que habitaven aquell gratacel únic i irrepetible. Era una raresa arquitectònica que trencava la silueta uniforme de la ciutat, com un gegant de circ envoltat de nans. Era l'única nota discordant d'una ciutat monòtona, un signe d'exclamació descomunal i ferotge, al voltant del qual els altres edificis semblaven muts i arrupits de por.

—Vius al vintè, oi? —li va preguntar la noia, mirant-lo amb ulls escrutadors. Tota ella tenia un aire interrogatiu i inquiet, com si no parés mai de fer, i de fer-se, preguntes: cabells curts, front ample, ulleres. Duia a la mà un llapis amb la punta gastada, i el movia rítmicament amunt i avall. Semblava que estigués marcant el compàs dels seus pensaments.

—Sí —va contestar l'Àlex—. S'ha espatllat l'ascensor.

—S'ha espatllat? —va preguntar ella.

—Sí.

La noia se'l va quedar mirant.

—N'estàs segur? —va fer.

—De què?

—Que s'ha espatllat.

L'Àlex va tornar-li una mirada de sorpresa.

—Ha quedat encallat en aquesta planta —va dir—. No volia pujar més.

L'ascensor va engegar-se i va reprendre la marxa edifici amunt.

—Ei! —va exclamar l'Àlex, com si li acabessin de prendre un taxi.

La noia va fer un somriure gairebé imperceptible.

—Ho veus? —va dir.

—Què haig de veure? —va replicar l'Àlex.

—No estava espatllat.

—Com ho sabies?

La noia va parar de moure el llapis.

—Perquè passa sovint —va respondre.

—Tens raó —va admetre l'Àlex—. M'ha passat tres cops.

—Ja ho sabia —va afirmar la noia.

—Eh?

—Els he comptat —va afegir ella—. Els tres incidents s'han produït aquesta setmana: dilluns, dijous i divendres, és a dir, avui. Curiosament, a l'ascensor sempre hi anaves tu.

L'Àlex va mirar-la bocabadat.

—Et dediques a fer estadístiques? —va preguntar, incrèdul.

—No ben bé —va contestar ella, esquiva.

Del fons del pis va arribar una riallada estrepitosa. La noia va girar-se i va ajustar la porta.

—Els meus avis són una mica durs d'orella. Sempre els recomano que facin servir el subtitulat per a sords, però ells fan el sord.

—Vius amb els teus avis? —va preguntar l'Àlex.

—Diguem que ells viuen amb mi —va replicar la noia—. En termes estadístics, el que faig per ells supera àmpliament el que ells fan per mi. Això no vol dir que em faci res, és clar.

L'Àlex anava a demanar-li pels seus pares, però va intuir alguna tragèdia, de manera que va preferir mossegar-se la llengua.

—Els meus pares van morir en un accident d'aviació —va aclarir ella, llegint-li els pensaments—. En termes estadístics, van ser l'excepció de la regla. Ja se sap que moren moltes més persones en accidents de trànsit, etcètera, etcètera. Tant per tant, els hauria pogut tocar la loteria, que també és força improbable.

—Em sap greu —va dir l'Àlex.

—Gràcies.

Hi va haver un silenci incòmode. Durant una estona no es va sentir altra cosa que els xiscles que venien del televisor llunyà.

—Com és que en dius «incidents», de les avaries de l'ascensor? —va preguntar l'Àlex.

—Perquè no són avaries —va contestar ella amb rotunditat.

—Què insinues? Que són intencionades?

—Jo en dic incidents —va respondre ella—. Però també m'agrada anomenar-ho «microfenòmens».

—Micro... fenòmens? —va dir l'Àlex a poc a poc—. D'on l'has tret aquest vocabulari?

—De la màniga —va fer ella—. És l'única manera de trobar els termes que necessites per descriure situacions que no entens.

L'Àlex va remenar el cap, tot confós.

—Què és el que no entens, si es pot saber? —va fer.

La noia va abaixar la veu.

—Que vinguin mecànics a inspeccionar l'ascensor i mai no hi trobin cap avaria...

L'Àlex va esperar que completés els punts suspensius.

—...i que els veïns de l'edifici, aparentment, no s'adonin d'aquests incidents.

—Però si han vingut aquests mecànics, és que els deuen haver avisat ells... O no?

La noia va abaixar una mica més la veu:

—És clar —va respondre—, per això són cada cop més imperceptibles, els incidents. Cada cop passen més desapercebuts. S'han transformat en microfenòmens: cal estar molt alerta per detectar-los. Molt i molt alerta. Com ara el nostre cas, per exemple...

—A què et refereixes?

—Has hagut de baixar tres vegades a la meva planta —va explicar ella a mitja veu—. Les dues primeres no compten, però a la tercera...

—A la tercera, què? —va fer l'Àlex amb expectació.

—A la tercera ens hem conegut.

—Ens podríem haver conegut de mil maneres diferents —va raonar l'Àlex—, per pura i simple casualitat.

Va esclatar una altra riallada procedent del televisor, aquest cop col·lectiva, com si un públic invisible es burlés ostentosament de les seves paraules.

La noia va donar un cop d'ull a la bossa farcida de llibres.

—T'agrada llegir, oi?

—Molt —va admetre l'Àlex.

—A mi també —va admetre la noia—. Però no llegeixo únicament llibres, jo. També intento llegir el que passa al meu voltant. I saps què? M'agradaria creure que les coses no passen perquè sí... Que l'accident en què van morir els meus pares, per exemple, tenia algun sentit que un dia o altre s'aclarirà.

Va callar en sec i va abaixar els ulls, com si s'hagués ficat sense voler en un terreny massa íntim. L'Àlex sospitava que no devia conèixer gaires persones disposades a sentir les seves elucubracions. Uns avis sords no devien ser els interlocutors més idonis.

Ell, en canvi, tenia ganes d'escoltar-la. Li agradava la seriositat una mica burleta amb què s'expressava, el seu llenguatge esotèric, les ràfegues de bogeria que li il·luminaven els ulls. Li agradava l'aire saberut i maniàtic que li donava el llapis despuntat —i rosegat— que feia ballar entre els dits.

—Si creus que ens hem conegut a causa d'aquests «incidents» —va dir l'Àlex d'una tirada—, potser seria millor que me'n parlessis més a fons.

—De debò? —va fer ella dubtosa.

—Vols que ens tornem a veure?

—Quan?

—Més tard?

—Al bar dels baixos, d'aquí a vint minuts?

—Trenta, si et sembla bé.

—D'acord —va dir ella, donant-li la mà—. Em dic Olga.

—Àlex.

Quan va fer mitja volta per demanar l'ascensor, maquinalment, l'Olga va tocar-li l'espatlla amb el llapis.

—Val més que pugis a peu —va aconsellar-li—. Per si de cas.

Ell va girar-se i va somriure.

L'Olga estava seriosa i el mirava sense gens d'ironia.

L'Àlex va fer que sí amb el cap, avergonyit sense cap motiu, i va iniciar l'escalada cap al seu pis.

2

El bar situat als baixos de l'edifici es deia, precisament, Els baixos. Era un lloc tan poc original com el seu nom: dues fileres de taules i cadires metàl·liques, decoració zero, una barra com una capsa de llumins i una pantalla gegant de televisió que transmetia futbol en sessió contínua.

Quan va veure l'Olga, asseguda ben lluny de la pantalla, l'Àlex va pensar que la seva presència donava un toc de personalitat a un escenari impersonal.

Duia posats uns auriculars, connectats en un casset de butxaca. Prenia notes en un quadern molt gros, amb el llapis d'abans. L'Àlex va adonar-se que hi havia fet punta. Tenia les ulleres sobre la taula, al costat d'una tassa i una tetera, i es tapava els ulls amb una mà.

Les mirades del cambrer s'alternaven entre ella i la pantalla: jugada interessant, Olga. Olga, jugada interessant.

L'Àlex va seure a la cadira del seu davant. Ella va aixecar la vista, va tancar la llibreta i es va treure els auriculars.

—Hola, Àlex —va saludar-lo.

—Hola —va dir ell—. Què estaves escoltant?

L'Olga va allargar-li els auriculars.

Ell se'ls va posar i es va tapar les orelles per ofegar la remor del futbol.

A la casset hi havia gravat un soroll que havia sentit feia poc, però que no aconseguia desxifrar. Era un brunzit continu que s'interrompia bruscament al cap d'una estona. En acabat es repetia sense variacions. Brunzit, aturada. Brunzit, aturada.

—És una màquina.

L'Olga va fer que sí amb el cap. L'Àlex va seguir escoltant, sota la mirada atenta del cambrer.

—Ja està! —va exclamar al final—. És un ascensor!

—Són els dos ascensors del nostre bloc —va confirmar l'Olga—. És la gravació de deu viatges que hi vaig fer. Vint, en concret. Deu amb un, i deu amb l'altre. El recorregut complet: trenta pisos. Del pis principal a l'àtic, i de l'àtic al principal.

—Què volies descobrir? —va preguntar l'Àlex intrigat.

L'Olga va rebobinar la gravadora.

—No hi ha cap viatge que duri el mateix —va respondre en veu baixa—. Comprova-ho. Només cal que miris el temps que indica el comptador del casset.

L'Àlex va tornar a escoltar la gravació. El primer recorregut, segons el comptador de l'aparell, durava dos minuts i trenta segons. En canvi, el segon en durava cinc més. El tercer se n'allargava deu, i el quart se n'escurçava vuit. El cinquè superava els altres en trenta segons. I així successivament.

—Tens raó —va admetre ell—. Hi vas pujar tota sola?

—Completament —va respondre l'Olga—. El pes era idèntic, però la velocitat variava.

El cambrer s'hi va acostar a prendre nota, i va mirar l'Àlex amb un aire entre burleta i desconcertat.

—Són els deures de ciències —li va explicar ell.

—Ah! —va fer el cambrer, satisfet per l'aclariment—. La llet, freda o calenta?

Quan se'n va anar, l'Àlex va tornar el casset a l'Olga.

—És un dels incidents de què parlaves?

—Sí —va admetre ella—. Els veïns ni se n'adonen, però la velocitat va canviant. És un fenomen que *passa*, però que passa completament desapercebut.

—Un microfenomen —va recordar l'Àlex—. Ho has comparat amb altres ascensors?

—N'he provat uns quants —va respondre ella—. Hi pot haver una diferència de mil·lèsimes entre un viatge i l'altre, però la velocitat és regular com un rellotge.

—No podria ser un defecte de la maquinària?

—És el que pensava al principi —va contestar l'Olga—. Un edifici atípic i tronat com el nostre, ascensors antics, etcètera, etcètera. Però més endavant vaig dur a terme un altre experiment.

L'Àlex va beure un glop de cafè amb llet. A la pantalla es podia veure un jugador estirat de panxa enlaire al mig del camp. Al seu costat, sobre la gespa, hi havia un bumerang.

—Aquests australians són uns salvatges —va remugar el cambrer.

L'Àlex va pensar que era el segon cop que parlava amb l'Olga amb un televisor de fons.

—El següent experiment em va convèncer una mica més —va afirmar ella—. Vaig repetir els viatges amb els ascensors, però aquesta vegada fins a la meva planta. És a dir, més de la meitat del recorregut.

—I per què justament fins a la teva planta?

—Perquè volia deixar clar que era on vivia.

L'Àlex va mirar-la desconcertat.

—A qui ho volies deixar clar?

—No ho sé —va respondre ella—. Vaig repetir l'experiment *quaranta* vegades, amb cada ascensor, en dies i hores diferents. Van ser vuitanta viatges, fet i fet. Seixanta d'aquests viatges van transcórrer amb normalitat. Durant els vint restants, en canvi, es va produir algun incident.

Va girar el quadern perquè l'Àlex el pogués veure.

—Fins i tot en vaig dibuixar un gràfic —va explicar—. Les fletxes numerades representen els viatges; els interrogants, els incidents. Al peu de cada interrogant hi ha una breu descripció del que va passar.

L'Àlex va forçar la vista per poder desxifrar la lletra minúscula de l'Olga.

—«Viatge 8» —va llegir—: «parada dotzè pis».

—De tant en tant parava en pisos diferents —va observar l'Olga.

—«Viatge 12» —va continuar l'Àlex—: «desacceleració progressiva. Viatge s'eternitza.»

—Aquest és el segon tipus d'incident —va aclarir l'Olga—. L'ascensor, de vegades, anava perdent velocitat. El viatge no s'acabava mai. El més curiós, però, és que l'indicador de la cabina continuava assenyalant els pisos com si anessin passant normalment.

L'Àlex va tornar el quadern a l'Olga i va acabar-se el cafè amb llet.

—Et puc fer una pregunta? —va dir—. Quan se't va acudir de començar a estudiar els ascensors?

L'Olga va posar-se les ulleres i el va mirar de fit a fit. Si les duia aparentava més anys, la seva mirada adquiria una mena d'autoritat, i tot el que deia semblava més convincent.

—Després de la mort dels meus pares —va respondre. Va servir-se te amb moviments precisos i pulcres, gairebé com en una cerimònia japonesa. Tots els seus gestos i accions eren mesurats i exactes, com si fossin un contrapès de les idees turbulentes i desmesurades que li bullien al cap.

Va beure un glop de te.

—Em sembla que va començar tot un parell de mesos més tard —va seguir dient—. Una nit..., recordo que una nit no podia dormir. M'havia pres una pastilla, però no hi havia manera. Aleshores, cap a la matinada, vaig sentir que un dels ascensors pujava de baix de tot i s'aturava a la meva planta.

Va beure un altre glop de te i va llepar-se els llavis.

—Estava convençuda que eren ells —va dir a mitja veu.

—Els teus pares?

L'Olga va fer que sí amb el cap.

—Estava convençuda que havien tornat.

Va respirar fondo.

—Em vaig esperar feta un sac de nervis —va prosseguir—. M'imaginava que sentiria obrir-se la porta de l'ascensor, i després la de casa, i que els sentiria entrar, i deixar a terra les maletes, i que vindrien a la meva habitació per dir-me que eren vius...

L'Àlex es podia imaginar perfectament l'escena: a l'Olga arrupida al seu llit, anguniosa i esperançada, desitjant un miracle impossible.

—Com que trigaven molt —va seguir dient—, vaig saltar del llit i vaig anar a mirar per l'espiell de la porta. No hi havia ningú a fora. Per un moment em va semblar que veia una persona amagada a l'ascensor. Una silueta. Una i prou, no pas dues. Suposo que devien ser imaginacions.

Va cargolar el fil de la bosseta de te que penjava de la tetera.

—L'ascensor va estar aturat una estona més —va prosseguir—. Després va engegar-se i va tirar avall un altre cop. Me'n vaig tornar corrents al llit, morta de por, i em vaig tapar fins al cap. De totes maneres, vaig poder sentir perfectament com l'ascensor tornava a pujar i s'aturava a la meva planta. Ho va fer una i altra vegada, durant tota la nit. Els meus pares, però, no van arribar mai.

Va posar-se més te i es va quedar una estona mirant la tetera sense dir ni piu, com si observés el seu propi reflex deformat a la superfície d'acer inoxidable. Al final va aixecar la vista i va tornar-se a treure les ulleres.

—Aquella nit vaig arribar a la conclusió que l'ascensor de l'edifici m'havia volgut fer entendre alguna cosa...

Va deixar la frase en suspens, com si no gosés acabar-la.

L'Àlex va mirar-la arronsant les celles. Era el primer cop que se li escapava un gest d'escepticisme.

—Ja sé que sembla una bogeria —va admetre l'Olga—. Però em va semblar que el missatge era claríssim. L'ascensor m'estava insinuant que els meus pares volien tornar, però no podien.

L'Àlex va estar a punt de dir-li que era un missatge gairebé espiritual, venint d'una màquina, però va reprimir-se. No es volia burlar de l'Olga. Tenia la sensació que si li prenia el pèl, encara que fos mínimament, espatllaria per sempre aquella mena de confiança fràgil, gairebé impalpable, que començava a haver-hi entre ells. De totes maneres, no podia limitar-se a seguir-li el corrent. Havia de ser franc amb ella.

—M'estàs dient que un ascensor és capaç de transmetre missatges? —va preguntar sense el més mínim sarcasme, decidit fermament a deixar-se convèncer.

—No m'he expressat bé —va confessar l'Olga—. Vull que sàpigues que no crec en fantasmes, ni en màquines posseïdes per esperits. T'he dit que havia entès el seu missatge, però en cap moment t'he insinuat que en fos l'autor.

—A veure si ho entenc —va replicar l'Àlex—. Això vol dir que creus que hi ha una persona de carn i ossos controlant l'ascensor?

—Quina conclusió n'hauries tret, dels meus experiments?

—Tot el que m'has explicat és una mica..., incert —va admetre l'Àlex, escollint les paraules amb molt de tacte—. Podria ser..., o podria no ser.

L'Olga va tancar el quadern.

—Ja veig que et calen més proves —va dir—. Te'n podria donar unes quantes més, però em sembla que és millor que les descobreixis pel teu compte.

Va servir-se el te que quedava i se'l va beure d'un glop.

—Vius amb els teus pares, oi? —va dir tot seguit.

—Sí.

—Sondeja'ls, doncs.

—Com?

—Com vols que ho sàpiga? —va replicar, arronsant les espatlles—. Ja he fet els deures, jo. Ara et toca a tu.

3

L'Àlex no va poder resistir la temptació de posar a prova les teories de l'Olga.

Una estona abans havien pujat plegats amb l'ascensor. No s'havia produït cap «incident», tot i que l'Àlex se'n moria de ganes. Tots dos havien arribat sans i estalvis als seus pisos respectius, i s'havien acomiadat amb una certa sensació de desengany. Era com si trobessin a faltar un desenllaç enigmàtic, que fes justícia a la seva conversa plena d'incògnites.

Els seus pares encara no havien arribat, de manera que va poder experimentar tranquil·lament, sense preguntes indiscretes.

En primer lloc va pujar a l'ascensor i va recórrer l'edifici de dalt a baix —i viceversa—, dues vegades seguides.

Com que no va passar res, va repetir el doble viatge tres vegades més. Després ho va fer amb l'altre ascensor.

Temptava la sort.

Buscava ansiosament els incidents.

Quan arribava a l'últim pis de l'edifici, amb la idea de repetir el trajecte una vegada més, com un jugador insistent que es nega a abandonar la ruleta, l'ascensor va aturar-se de cop d'una manera gens ni mica natural.

A l'Àlex li va fer un salt el cor i va notar que el pànic se li amuntegava a la gola i el pit.

«Calma't», va pensar. «És el que volies, no? Al final t'has sortit amb la teva.»

Va respirar fondo.

La cabina estava aturada a la planta número trenta: era al cim de l'edifici. L'Àlex no hi havia pujat mai, tan amunt. Ni tan sols per jugar. No havia passat mai de la seva planta, com si les que venien després fossin una mena de *terra incògnita* prohibida.

Hi regnava un silenci siberià, allà dalt. No hi faltava ni l'udol del vent. Bufava a ràfegues imprevisibles, i li clavava un espant darrere l'altre. Els seus brams aterridors semblaven anunciar la fi del món.

Hi havia un botó per donar l'alarma: una mena de sirena antiaèria que ressonava terroríficament per l'ull de l'escala. L'Àlex el va prémer, penedit d'haver-se ficat en aquella gàbia. No va servir de res: la sirena estava muda com la resta de l'edifici.

Va mirar-se al mirall i es va veure molt pàl·lid. Potser era culpa de la llum. La cabina semblava més fosca. També podia ser un efecte de la por, que li estava enterbolint la vista.

Se sentia més sol que un astronauta perdut a l'espai.

L'indicador també estava encallat en el número 30, que brillava amb un color vermell infernal. L'Àlex va recordar una pel·lícula en què el protagonista se n'anava a l'infern amb ascensor.

Va tornar a prémer el timbre d'alarma, que també era vermell.

Silenci absolut.

Aleshores, de cop i volta, li va venir a la memòria allò que havia dit una estona abans a l'Olga: «Creus que hi ha una persona de carn i ossos controlant l'ascensor?»

La carn i els ossos li feien més por que la substància immaterial, i per tant inofensiva, de què eren formats els fantasmes.

Va notar un calfred al clatell, dolorós com la rebolcada d'un eriçó.

«Potser m'ha parat una trampa, i ara em vindrà a buscar», va pensar esbalaït, sense saber a *qui* es referia.

Va girar-se d'esquena al mirall, ja que li feia por la seva pròpia cara de por.

Aleshores li va arribar un grinyol que venia de més amunt. Del terrat, possiblement. Sabia que tenia un gran terrat, l'edifici, però no hi havia posat mai els peus.

Per un moment va imaginar-se que era l'ascensor que reprenia la marxa. Però s'equivocava. Era el soroll d'una porta de ferro feixuga que s'obria grinyolant.

Va parar l'orella, amb el cor arrupit. Escoltava amb una atenció tan febril, que el cap va començar a rodar-li, i els ulls, a fer-li pampallugues.

Però no eren pampallugues.

Eren els llums de la cabina que vacil·laven i, finalment, s'apagaven.

Va quedar completament a les fosques. Durant una estona no va tenir esma de fer altra cosa que parpellejar una i altra vegada, com si cregués que li sortirien llumenetes dels ulls i l'ascensor tornaria a il·luminar-se per art d'encantament.

Va sentir el soroll d'una altra porta que s'obria. Aquesta era més a prop i no pesava tant. Podia ser la que donava a les escales.

Se li va assecar la gola.

Estava quasi segur que se sentien passos. Era algú que començava a baixar les escales?

Va sentir-se doblement atrapat: dins la cabina i dins la foscor, suspès sobre un pou de trenta pisos de fondària. Va sentir vertigen i alhora claustrofòbia.

Si l'alarma no anava bé, ja cridaria ell. Era qüestió de minuts.

L'autodomini se li esgotava segon a segon. O més aviat pas a pas, perquè eren passos el que sentia.

Uns peus que baixaven les escales a poc a poc, enmig del soroll de la venteguera que s'escolava a raig fet per la porta del terrat i feia tremolar les lluernes.

El crit s'enfilava pas a pas per la gola de l'Àlex.

Però tot d'una va quedar ofegat.

Trucaven a la porta de l'ascensor.

Clanc, clanc, clanc, clanc.

No eren els trucs que faria algú per cridar-lo. No eren trucs amistosos. Eren cops monòtons i apàtics, com si la persona que els donava no tingués altra intenció que fer-li por i sabés que n'hi havia prou de trucar a la porta d'un ascensor a les fosques.

Clanc, clanc, clanc, clanc.

No se sentia res més. Ni una respiració, ni una remor, ni un cruixit. Només aquells cops compassats i indiferents, però implacables com una tanda d'assots.

L'Àlex es tapava les orelles, però els cops li travessaven les mans i provocaven un llampec a la seva ment, una marca que hi quedava gravada.

Clanc, clanc, clanc, clanc...

L'un darrere l'altre, interminables com una pena de l'infern, com si haguessin de durar tota l'eternitat.

Fins al cop que feia trenta. Aquell va ser el darrer. Va ressonar pou endins, i tot seguit va tornar el silenci.

L'Àlex va destapar-se les orelles i va començar a sentir el zub-zub de la sang accelerada.

Aquell batec sord no li va impedir de sentir clarament els mateixos passos que desfeien el camí: s'allunyaven escales amunt, com si tal cosa. Després va tancar-se la porta del terrat. I una estona més tard la porta de ferro, amb el mateix grinyol.

Trenta cops, trenta pisos.

Aquest càlcul se li va acudir un moment abans que es tornés a encendre el llum de la cabina i l'ascensor es posés en marxa tot sol.

La sirena també tornava a funcionar, com va poder comprovar prement-ne el botó dos segons justos.

El parèntesi de terror es tancava amb tota la naturalitat del món. La normalitat interrompuda reprenia el seu curs. Tot recobrava la calma de sempre. Tot, llevat de l'Àlex.

L'ascensor va començar a endur-se'l pou avall, sense que pogués aturar-lo perquè no tenia botó de seguretat.

Va pregar que no fos un altre incident, sinó un veí que l'hagués demanat.

Mentre s'anava enfonsant a les entranyes de l'edifici, l'Àlex va sacsejar el cap per deixondir-se i va fregar-se els ulls per aclarir-se'ls.

Però aquells cops i aquella foscor ja s'havien gravat amb làser a la seva memòria.

Quan l'ascensor va arribar al final del trajecte, l'Àlex va trobar un veí desconegut que volia anar a la setena planta.

—Que t'ha passat res? —va preguntar-li en veure-li la cara—. M'ha semblat sentir l'alarma.

—Un incident sense importància —va respondre l'Àlex amb la veu rogallosa.

Van pujar plegats en silenci. Quan el veí va baixar al seu pis, ell va continuar en direcció a la vintena planta.

En quedar-se tot sol, li va fer l'efecte que tornava a sentir aquells cops. Però aquesta vegada sonaven a la porta de cada replà, com si la persona que els donava anés empaitant l'ascensor escales amunt, però més de pressa que ell.

4

L'Àlex s'havia adonat que, d'un quant temps ençà, l'evolució de les famílies ja no era analògica —ni tan sols lògica—, sinó digital: es mesurava pels bits de les seves existències.

La família de l'Àlex no arribava ni a un megabit de capacitat. Això li feia témer que qualsevol dia s'hauria d'actualitzar per poder continuar sent «operativa». Traduït a llenguatge no informàtic, era una manera de dir que la relació dels seus pares estava quedant obsoleta, i que el fantasma de la «separació» apareixia i desapareixia com un protector de pantalla.

El menjador del pis on vivia l'Àlex estava presidit per un televisor panoràmic. Era una mena d'ídol futurista, semblant al monòlit misteriós de la pel·lícula *2001*, sobretot perquè de vegades el contemplaven amb un aire embadalit que s'acostava a l'adoració.

En aquell moment el miraven tot sopant: dues pizzes. L'empobriment dels àpats era proporcional a l'empobriment de la relació entre els seus pares. El silenci amb què menjaven es feia més escandalós com més potent esdevenia el *Dolby Surround*.

L'Àlex no sabia on mirar, en aquelles circumstàncies. No volia mirar el seu pare, ni la seva mare, perquè si ho feia veuria que s'esforçaven per no mirar-se entre ells.

Per això es limitava a absorbir anuncis en alta definició, com una mena de mètode estupefaent que li evitava la feina de pensar.

Malgrat tot, l'Àlex pensava. No podia parar de reviure el moment en què havia trobat l'Olga per pura casualitat, ni la seva conversa posterior, ni l'esgarrifosa aventura que havia passat, jugant simplement amb la trajectòria d'un ascensor.

Tot donant voltes a les seves elucubracions, als estranys descobriments de la noia —però sobretot després de la seva esgarrifosa experiència solitària—, havia començat a sentir una forta inquietud agreujada per l'ambient enrarit de casa seva. Una inquietud que només podria resoldre si feia «els deures» —en paraules de l'Olga—, encara que no sabés ni remotament en què consistien.

Ella li havia dit que «sondegés» els seus pares.

Però sobre què havia de sondejar-los?

Si es deixava guiar per l'instint, començava a sospitar que els descobriments de l'Olga semblaven suggerir que la trajectòria erràtica dels ascensors no era pas innòcua, sinó que podia tenir *conseqüències.* Que s'haguessin conegut, per exemple. Allò era una conseqüència concreta. Era evident, per tant, que se'n podien trobar més. Que podia haver-hi una xarxa intricadíssima i inimaginable de conseqüències.

Així doncs, va agafar el comandament a distància i va abaixar el volum del televisor.

—Es pot saber què fas? —va protestar el seu pare.

Aparentment, estava molt interessat en la crònica del partit Espanya-Austràlia, durant el qual un jugador espanyol havia quedat inconscient en ser atacat amb un bumerang.

—Apuja el volum —va manar-li la seva mare, amb la boca plena de pizza.

—Vull parlar amb vosaltres —va dir l'Àlex, posant el comandament fora del seu abast.

—Després de les notícies —va replicar el seu pare, allargant la mà per agafar-lo.

L'Àlex se'l va guardar a la butxaca de la camisa.

—No —va dir—. Ara mateix.

Tots dos se'l van quedar mirant, sense mirar-se entre ells, amb cara de pomes agres.

—Us volia preguntar una cosa que no m'heu explicat mai —va dir—. M'agradaria saber com us vau conèixer.

Quatre celles van arrufar-se al mateix temps.

—Què? —va fer la seva mare, desconcertada.

—Com us vau conèixer? —va repetir l'Àlex—. Us va presentar algú? En una festa? Per casualitat?

La seva mare va escurar-se la gola i va mirar de reüll el seu marit. Era el primer cop que ho feia en tot el vespre.

—No me'n recordo gaire —va admetre—. Però si la memòria no m'enganya, em sembla que ens vam conèixer al vestíbul del nostre bloc.

—Al vestíbul del nostre bloc? —va repetir l'Àlex.

—Exacte —va respondre la seva mare. I va tornar a mirar de reüll el seu marit.

Ell també va escurar-se la gola. Aquell vespre estaven resseques, les goles.

—Sí —va dir, bevent un glop de cervesa—. Va ser al vestíbul. No és un lloc gaire romàntic, però n'hi ha de pitjors. La teva mare s'estava fent un tractament d'ortodòncia a la consulta d'un dentista que ja no hi és. Jo treballava temporalment en una agència d'assegurances d'aquest bloc, que també ha plegat. El dentista era al pis disset, o divuit... No me'n recordo. L'agència era una mica més amunt.

Va fer una pausa i va mirar de reüll la seva dona.

—Baixàvem tots dos a la mateixa hora —va continuar ella—. No pas cada dia, és clar. Però quan jo sortia de la consulta, el teu pare plegava de treballar. Ell agafava un ascensor i jo, l'altre. Era molt difícil que coincidíssim, gairebé impossible, però un dia vam coincidir al vestíbul.

—Els nostres ascensors van arribar al mateix temps —va aclarir el seu pare—. Va ser una coincidència gairebé impossible. Era com si s'haguessin sincronitzat perquè ens poguéssim conèixer.

—Una coincidència increïble —va recalcar la seva mare—. Jo amb prou feines podia parlar, per culpa de l'anestèsia. Però el teu pare em va estirar la llengua, i em va fer parlar sense ganes. La sabia molt llarga, com tots els venedors d'assegurances.

—Tu vinga xerrar i xerrar —va afegir el pare de l'À-lex—. No podies ni pronunciar les paraules, però xerraves amb mi sense parar. Ens vam enamorar xerrant. I després vam comprar un pis a l'edifici on ens havíem conegut.

Va callar en sec, com si acabés de recordar que feia una eternitat que no xerraven.

La mare de l'Àlex també va emmudir de cop.

El silenci va tornar a caure sobre el menjador.

—O sigui —va fer l'Àlex per donar-los corda—, que esteu convençuts que dos ascensors van decidir el vostre destí.

—No hi ha cap altra explicació —va admetre el seu pare, allargant el braç per agafar-li el comandament de la butxaca.

—El destí no existeix —va replicar la mare de l'Àlex—. Només existeix l'atzar. Les persones s'uneixen i se separen per obra de l'atzar. Res més.

I va donar un cop d'ull al seu marit amb cara d'avorriment.

Tot seguit van apujar el volum del televisor. El *Dolby* va prendre la paraula i va imposar la seva veu.

L'Àlex, però, ja havia sondejat els seus pares.

Ara n'hauria de posar l'Olga al corrent.

De segur que ho trobaria molt interessant.

5

L'Àlex i l'Olga estaven asseguts en un banc de la plaça que hi havia davant del seu bloc de pisos. L'Olga no volia tornar al bar Els baixos perquè no es fiava del cambrer. Estava convençuda que els escoltava d'amagat, i no volia que sentís el que deien, ja que era informació «secreta» que podia arribar a orelles dels veïns. Si passava això, segons ella, podrien «córrer perill». L'Àlex no va aconseguir que fos més concreta.

—A mi també em va atrapar, l'ascensor —va dir l'Olga—. A la trentena planta, exactament igual.

—De debò? —va fer l'Àlex, sorprès.

—I tant —va respondre ella—. Estava fent un experiment dels meus. L'alarma tampoc no va sonar. Va passar una estona interminable..., i aleshores el vaig sentir. Només de pensar-hi m'esgarrifo.

—Què vas sentir?

—Esgarrapades —va respondre, lacònica.

—Esgarrapades?

Ella va fer que sí amb el cap. Va estendre els dits i va fer córrer les ungles per la tapa del quadern que tenia a la falda. Molt lentament. No les duia gaire llargues, però hi va deixar quatre sécs paral·lels.

—Les seves ungles van deixar un senyal a la pintura de la porta —va afegir—. Brrr. Només de pensar-hi m'esgarrifo.

—I per què creus que ho va fer? —va preguntar l'Àlex, sense saber a *qui* es referia.

—Per espantar-nos —va respondre ella—. Quan ens hi acostem massa, llavors es posa nerviós i prova d'espantar-nos. Vol fer-nos saber que existeix per tal que el deixem en pau.

—Com ho saps?

L'Olga va obrir el quadern, va girar tres pàgines i va assenyalar un altre gràfic: consistia en una sèrie de quadrets amb una figureta tancada a dins.

—En el terme d'un any, l'ascensor va capturar dotze residents de l'edifici —va explicar—. Un al mes és una xifra prou significativa. Vaig fer una enquesta, discretament. Ningú no va sentir cap soroll anormal: ni cops, ni esgarrapades, ni res. L'alarma també funcionava, de manera que van rescatar-los de seguida.

—I per què creus que els vol espantar?

—Pel mateix motiu que manipula l'ascensor —va respondre l'Olga—: per deixar entreveure que existeix. Els veïns no s'adonen de res, però inconscientment sospiten que passa alguna cosa.

L'Àlex va observar els dibuixos de l'Olga, la seva lletra menuda, els seus esquemes pulcres i complicats. Es veia d'una hora lluny que era metòdica en extrem, segurament maniàtica, sens dubte obsessiva, però malgrat tot havia decidit escoltar-la sense prejudicis, deixar-se endur per les seves teories fantàstiques.

—Que passa alguna cosa és un fet —va admetre en veu alta—. Ho vaig comprovar personalment ahir, després que parléssim. I més tard, a l'hora de sopar, vaig sondejar els meus pares com vas dir tu...

—De veritat? —va preguntar encuriosida—. Vas fer els deures?

L'Àlex va explicar-li com havia descobert que els seus pares s'havien conegut gràcies a la intervenció subtil dels ascensors. S'imaginava que el seu relat la deixaria bocabadada, però ella amb prou feines va immutar-se.

—Ja sabia que formaven part de la llista —va dir com si res.

L'Àlex va girar-se bruscament cap a ella.

—De quina llista parles?

L'Olga va fullejar el quadern i va ensenyar-li diverses pàgines plenes de paràgrafs numerats escrits amb la seva lletra atapeïda.

—No és una llista concreta —va aclarir—. Són una sèrie de notes que vaig prendre després de sondejar alguns veïns. Jo en dic «vides paral·leles».

—Vides paral·leles?

Ella va donar-li el quadern.

—Ja ho veuràs.

L'Àlex va agafar el quadern i va començar a desxifrar les notes de l'Olga. Deien el següent:

1. El senyor P. N. T. vivia sol al tercer pis. Gairebé sempre hi pujava a peu, encara que anés carregat. Deia que volia «fer cames». Tenia una relació pràcticament nul·la amb l'ascensor, fins que un dia va sentir que la seva alarma el «cridava». Va ser així que va conèixer la seva actual esposa, la senyora A. B. S. Era una vídua que residia al dotzè pis i havia quedat atrapada a l'ascensor.

—Quina casualitat —va murmurar l'Àlex—. T'ho va explicar ell mateix?

—Amb pèls i senyals —va respondre l'Olga—. Deia que va ser com el cant d'una sirena, etcètera, etcètera. És la sinopsi d'un veritable fulletó.

L'Àlex va continuar llegint en veu alta:

2. A la senyora N., resident al pis divuitè, li va caure el telèfon mòbil al pou de l'ascensor, per l'escletxa que hi ha entre la cabina i el replà. El seu marit, l'endemà mateix, va obrir la porta que dóna al pou i va baixar-hi per recuperar-lo. Però el telèfon no hi era. No obstant això, la senyora N. assegura que el va sentir unes quantes vegades (les notes d'una peça de Beethoven), com si fos en algun lloc a dalt de tot de l'edifici. Després va callar per sempre.

—«Les notes d'una peça de Beethoven» —va rellegir l'Àlex—. Val més això que sentir esgarrapades.

—Tens tota la raó.

3. En P. S. O. i en T. S. O. són dos bessons entremaliats que viuen al catorzè pis. Les parets de l'escala estan empastifades amb dibuixos i petjades seves. Sempre que pujaven amb l'ascensor tenien el costum de tocar l'alarma tota l'estona, armaven escàndol i alarmaven els veïns. Un dia l'ascensor i l'alarma van parar de cop, i els bessons van quedar atrapats a mig camí. El que va passar mentre s'esperaven no és gaire clar, però tots dos asseguren que van sentir alguna cosa que queia feixugament sobre la cabina i que començava a «arrossegar-se» d'una banda a l'altra, com si busqués un forat per entrar-hi. Després d'aquest incident, no cal dir-ho, els bessons van perdre les ganes de fer soroll, no fos cas que tornessin a cridar «allò».

—«Allò»... —va dir l'Àlex, tot nerviós—. El que també dóna cops i esgarrapa.

—Segurament —va fer l'Olga.

4. Un matrimoni que viu a la planta vint-i-quatre afirma haver-se quedat a les fosques, en tots dos ascensors, diverses vegades. «Era com si la foscor ens empaités», va dir la dona. «L'ascensor no s'aturava, però el viatge es feia etern, com si les tenebres ens frenessin. Semblava el viatge al regne dels morts que emprenien els antics egipcis.»

—Ja la conec, aquesta foscor —va murmurar l'Àlex. I va afegir, imitant l'Olga—: Només de pensar-hi m'esgarrifo.

5. El senyor G. T. E., resident a la catorzena planta, va viure una experiència que ell qualifica d'«inversemblant». Un dia, quan es disposava a prémer el botó del seu pis, algú se li va avançar i va demanar l'ascensor des de la trentena planta. El senyor G. T. E. es va esperar pacientment fins al final del recorregut, però un cop a dalt va descobrir que no hi havia ningú. Encara no havia premut de nou el botó del seu pis que l'ascensor va tornar a engegar-se tot sol i va obligar-lo a anar fins a la planta baixa. Allà, tampoc no hi va trobar ningú. El fenomen es va repetir tres vegades més. El senyor G. T. E. era arrossegat amunt i avall «com un titella en mans de bromistes invisibles». Al final va pujar a peu, empipat i atordit. La situació no va produir-se mai més.

—Jo també em sentia com un titella ahir —va dir l'Àlex—. Però no crec que el qui donava els cops sigui cap bromista.

—Jo tampoc —va admetre l'Olga.

6. La senyora E. L. G., resident a la vint-i-vuitena planta, explica que, cada matí, quan se n'anava a treballar, trobava «sens falta» els dos ascensors parats al seu replà. Aquesta situació «tan còmoda» va durar cosa de quatre mesos. Segons ella, era comparable a trobar tots els semàfors verds durant el mateix període de temps, és a dir, una impossibilitat estadística. La raresa del fenomen va arribar a provocar-li malsons: més d'un cop va somiar que era morta, i que l'ascensor l'esperava per endur-se-la, com una mena de cotxe de morts. Quan tenia aquests malsons s'estimava més baixar a peu. Un matí va comprovar que els ascensors ja no hi eren. A partir d'aleshores ja no van «esperar-la» més.

—Jo vaig recordar una pel·lícula en què el protagonista se n'anava a l'infern amb ascensor —va dir l'Àlex—. Va ser un dels efectes secundaris de la meva aventura d'ahir, sense comptar la claustrofòbia.

—*Cor d'àngel* —va dir l'Olga.

—Eh?

—La pel·lícula es deia *Cor d'àngel.* La vaig veure a la tele no fa gaire.

—Ah! Pot ser.

L'Àlex va llegir mitja dotzena més de resums. Tots descrivien variants de la mateixa situació: l'ascensor actuava de formes imprevisibles i alterava d'una manera o altra la vida dels residents de l'edifici.

Quan va acabar de llegir les «vides paral·leles», va tornar el quadern a l'Olga.

—Aquí passa alguna cosa, això és un fet.

Com que no sabia què dir, s'havia limitat a repetir la frase d'abans.

—Hi ha casos positius —va observar l'Olga—, futures parelles que es coneixen gràcies a l'ascensor, etcètera, etcètera. Com els teus pares, per exemple. Però, per regla general, l'ascensor demostra un sentit de l'humor bastant negre.

—Això és un fet —va repetir l'Àlex, com si s'hagués encallat en aquella frase.

Van estar callats una estona. L'amo del bar Els baixos havia sortit a fumar un cigarret i els observava de l'entrada estant. L'Olga se'n va adonar.

—Aquest paio em fa posar nerviosa —va dir.

—No te'l miris.

—Encara que no me'l miri, sento la seva mirada.

—Potser és un espia.

—Un espia de qui? —va preguntar esverada.

Aquella reacció hipersensible va sorprendre l'Àlex.

—Un espia del qui fa moure els fils, o més aviat els cables, de l'ascensor —va respondre mig en broma.

L'Olga es va quedar tota pensativa i callada. L'amo del bar va llençar la burilla, va trepitjar-la i va tornar al seu local. Dos coloms van aixecar el vol cap a un cel gris com el seu plomatge. Una nena patinava amunt i avall per la plaça, avall i amunt. En alguns balcons del bloc de pisos creixien antenes parabòliques com una mena de fongs paràsits.

—Les qüestions principals són les següents —va dir l'Olga al cap d'una estona, amb el seu to confiat de sempre—: en primer lloc, hem de deixar de referir-nos a l'ascensor com si fos un ésser autònom amb voluntat pròpia. Tots hem vist aquella pel·lícula tan absurda de l'ascensor posseït, el títol de la qual no recordo... Els fantasmes no poden apoderar-se de les màquines.

—*L'ascensor* —va dir l'Àlex—. És fàcil de recordar, el títol.

—Això mateix —va replicar l'Olga—. Com deia, doncs, hem d'acceptar que a la sala de màquines dels nostres ascensors s'hi ha infiltrat un individu, o més d'un, amb l'estrany propòsit d'influir sobre les vides dels veïns. Un individu, o més d'un, que sembla creure's totpoderós, com una mena de déu.

L'Àlex observava les antenes parabòliques. La seva similitud amb fongs li va inspirar una reflexió inquietant:

—Jo el veig més aviat com un paràsit que s'ha enquistat al nostre edifici —va dir.

L'Olga s'ho va rumiar una estona.

—Quan és «bondadós», actua com un déu —va raonar—. I quan és «malèvol», com un paràsit o un dimoni.

—I si no ho és mai, de bondadós? —va suggerir l'Àlex—. Els meus pares, per exemple, es van conèixer gràcies a ell. Així, d'entrada, sembla una cosa bona. Però en realitat no s'han acabat d'entendre mai. Jo crec que sempre han estat incompatibles. Ara sembla que se'n comencen a adonar.

L'Olga va girar-se cap a ell, amb cara d'amoïnada.

—Es volen separar?

—Em sembla que ja fa temps que s'estan separant —va respondre l'Àlex—. Qualsevol dia es trencarà el filet que encara els uneix..., i tot s'acabarà de cop.

—Em sap greu —va dir l'Olga—. Els meus pares, en canvi, s'avenien molt.

—Ja —va fer l'Àlex—. Però ells no es van conèixer per obra de l'ascensor, suposo?

—No —va respondre l'Olga—. Es van conèixer a l'institut.

Van guardar silenci una llarga estona. El cel, mentrestant, es va enfosquir una mica més.

—Has provat d'esbrinar si també hi ha paràsits en altres edificis? —va preguntar l'Àlex.

—No —va contestar ella—. Em fa por descobrir que sí. Que no som els únics. Això voldria dir que no solament ens dominen els poderosos de sempre, sinó també una legió de paràsits insignificants que es creuen totpoderosos.

—Creus que és insignificant, aquest paràsit?

—Tots els manipuladors ho són —va respondre l'Olga—. Individus acomplexats, incapaços d'actuar a plena llum. Juguen amb la vida dels altres perquè són incapaços de prendre's la seva seriosament.

—Com te l'imagines?

—Me'l podria imaginar com aquell mag tan poqueta cosa que sortia en *El mag d'Oz* —va respondre l'Olga—. Però seria massa fàcil. Era inofensiu, aquell, es limitava a falsificar miracles. El nostre, en canvi, té un repertori de trucs molt variat, i no sabem del cert què es proposa. Els incidents podrien continuar en la mateixa línia tota la vida, o un dia, de cop i volta, transformar-se en *accidents*.

L'Àlex va notar que se li encongia l'estómac. La nena patinadora va tenir un accident, però es va aixecar de seguida.

—Què podríem fer?

—Tota sola no em veia amb cor de fer res —va confessar l'Olga—. Però t'he conegut, i diria que ens entenem bastant bé. Estaries disposat a ajudar-me?

L'Àlex va girar-se cap a ella, lentament.

—Ajudar-te a fer què?

L'Olga va esternudar, va mocar-se, va posar-se bé les ulleres i va tancar el quadern.

—Vull fer una expedició al país d'Oz per desemmascarar el mag.

6

L'expedició al país d'Oz va haver-se d'ajornar perquè l'Olga va agafar la grip.

L'Àlex va anar-la a veure una tarda, en plegar de l'institut, i es va endur una sorpresa perquè va obrir la porta ella mateixa.

—Els meus avis també estan refredats —va explicar-li—. Els el dec haver encomanat jo.

Tenia el nas vermell, estava desmillorada i feia ulleres —i no duia ulleres—, però la seva mirada, tot i ser una mica llagrimosa, no s'havia apagat gens. Brillava com de costum amb una intensitat febril.

—Reconec que la febre pot provocar al·lucinacions —va dir—, però fa dues nits que veig coses estranyes.

Va mocar-se meticulosament, primer un nariu i després l'altre.

—Com que pràcticament no acluco l'ull —va continuar dient—, estic molt desvetllada i alerta. I em sembla que *ell* ho sap i se n'aprofita.

En la darrera frase va abaixar la veu. De fons se sentien els crits del televisor, però no eren prou forts per silenciar els esternuts i els estossecs dels seus avis.

—Et refereixes a *ell*? —va fer l'Àlex, també a mitja veu—. Al paràsit?

—Exacte —va murmurar l'Olga—. L'ascensor es torna a parar a la meva planta, com abans. A mitjanit. Però ara..., ara podria jurar que ell s'espera a dins.

L'Àlex va sentir una esgarrifança. Primer va pensar que era un símptoma, però després va adonar-se que era de por.

—M'he llevat dues vegades a mirar per l'espiell —va prosseguir l'Olga—. I em sembla que l'he vist. Rectifico. No m'ho sembla. N'estic convençuda. L'he vist arrambar la cara al vidre esmerilat de la porta de l'ascensor, com si em tornés la mirada. Tenia les faccions borroses, com quan et tapes el cap amb una mitja. Era com si m'observés una persona desfigurada. Tota l'estona tenia por que obrís la porta de cop i m'ensenyés la cara. Però no ho ha fet, és clar. Ja et vaig dir que eren covards, els manipuladors. Sempre actuen d'amagat, o darrere de màscares.

—I no ha fet res més?

—Res més —va respondre ella—. Ha vingut per avisarme, n'estic segura. D'una manera o altra, no sé com, ha descobert els nostres plans. Se sent amenaçat. Ens dóna a entendre que si no el deixem en pau ens farà la vida impossible.

Tot d'una va semblar que li fallaven les cames. L'Àlex va allargar la mà instintivament i va agafar-la pel braç.

—Estàs bé? —va dir alarmat.

—Estic cansada —va admetre, donant-li un copet a la mà—. Val més que vagis amb compte, Àlex. Val més que procuris dormir profundament, cada nit, perquè tard o d'hora et vindrà a veure.

Era un bon consell, però no pas el més adequat perquè l'Àlex pogués dormir tranquil. Al contrari: la possibilitat de sentir com es parava l'ascensor a mitjanit va començar a fer-li perdre el son.

Passava les nits en blanc, com si l'Olga li hagués encomanat una obsessió nova. S'hauria estimat mil vegades més la grip que aquella paranoia nocturna.

Quan per fi va poder agafar el son, el seu subconscient se'n va venjar amb escreix, ja que va tenir el somni més anguniós de la seva vida.

Era un malson que començava com un dia qualsevol: ell mateix saltava del llit i encenia el llum, i es vestia com si acabés de llevar-se normalment.

S'havia llevat per fer alguna cosa, però no sabia quina. No obstant això, caminava tot decidit fins a la porta d'entrada i sortia al replà.

Tot seguit demanava l'ascensor i esperava que arribés. El sentia baixar pis rere pis, com de costum, fins que tot d'una es parava en sec.

Per motius desconeguts, s'havia aturat en una de les plantes superiors.

L'Àlex no tenia altre remei que anar a buscar-lo caminant, i començava a pujar les escales.

D'una planta passava a l'altra, pujant cada vegada més, però en cap no trobava l'ascensor. I com més pujava, més forta era la sensació que l'espiaven. Ell mirava al seu voltant contínuament, provant d'enxampar els espies, però els replans eren deserts. A l'escala, aparentment, no hi havia ningú.

Les portes dels pisos, en canvi, no semblaven normals. Tenien alguna cosa estranya, i com més plantes pujava, més aguda era la sensació d'estranyesa.

Aleshores, tot d'un plegat, ho va veure clar.

Eren les portes que l'espiaven.

La lent de l'espiell era la còrnia d'un ull sense parpella.

Era un ull que hi veia de debò —que el veia i el mirava fixament—, i que no parpellejava per poder gaudir d'una visió contínua i sense interrupcions.

L'Àlex no sabia per què l'espiaven, els espiells, però va tenir el pressentiment que era perquè tots els veïns estaven morts de por i, alhora, de curiositat morbosa. Estaven tan espantats, els veïns, i alhora tan morbosament encuriosits, que havien prestat un dels seus ulls a les portes perquè mirés el que ells no gosaven veure.

Quan per fi va trobar l'ascensor, totes les portes l'observaven amb els ulls fora de les òrbites.

L'Àlex sabia perfectament que si obria l'ascensor li passaria alguna cosa esgarrifosa. Ho sentia en cada nervi i en cada múscul del cos.

No obstant això, tot i que estava mortalment espantat, va estirar la porta de l'ascensor i va obrir-la a poc a poc.

A l'altra banda tot era fosc. L'Àlex era incapaç de discernir si estava mirant l'interior de la cabina o el buit negre del pou de l'ascensor.

De totes maneres va fer un pas endavant i va endinsar-se en les tenebres.

Hi havia algú que l'esperava.

—M'ha atrapat, Àlex —li va dir l'Olga a cau d'orella—. Ara em fa servir d'esquer per caçar-te a tu.

L'Àlex va notar unes urpes al voltant del coll.

Un xiscle de pànic va sonar a les entranyes de l'edifici, i va anar pujant ràpidament pou amunt a un volum cada vegada més eixordador.

Però no venia del pou, aquell crit, sinó del fons de la gola de l'Àlex.

El malson s'acabava així.

Mentre esperava que l'Olga es refés del tot, l'Àlex va començar a tenir la desagradable sospita que l'espiaven. Es deia, per calmar-se, que podia ser una mena de seqüela d'aquell somni. I en veritat ho semblava, ja que era una sensació que només s'apoderava d'ell quan sortia a «investigar», influït per l'Olga, i recorria les escales amunt i avall, furtivament, tot buscant no sabia ben bé què. Era com si en certa manera explorés el terreny que haurien de recórrer durant la seva futura expedició.

La sensació de ser espiat estava relacionada amb els espiells de les portes. Després del somni, ja no els mirava amb els mateixos ulls. Mentre baixava o pujava les escales —i evitava l'ascensor—, l'instint li deia que els veïns advertien la seva presència, l'observaven per l'espiell i prenien nota de cada un dels seus passos.

Una tarda en què la sensació era particularment aguda, l'Àlex va baixar fins al vestíbul de l'edifici per fugir de mirades indiscretes.

Al vestíbul no hi havia espiells, però els veïns hi seguien presents en els noms que identificaven les bústies.

L'Àlex va fer córrer els ulls per les quatre fileres de bústies superposades. L'ordre perfecte de les etiquetes li va semblar una farsa. Després de llegir les «vides paral·leles» de l'Olga, hauria trobat més fidel a la veritat que aquelles etiquetes amb els noms i els pisos dels veïns s'estiguessin barrejant contínuament en un bombo que no parava mai de girar.

Una de les bústies no tenia etiqueta ni pany. Semblava una cara sense ulls amb una boca negra que cridés.

A l'Àlex li va produir una certa inquietud, aquella bústia anònima i cega. Tenia un no sé què d'estrany, alguna cosa que va impulsar-lo a donar-hi un cop d'ull. S'hi va acostar, comprovant que el vestíbul era desert, i va obrir-la. L'interior era pintat amb el color negre més negre que havia vist mai. Aquella negror dissimulava alguna cosa.

S'ho va mirar de més a prop. Era un forat. A la base de la bústia hi havia un forat de la mida d'un puny. L'Àlex hi va ficar la mà, però la va treure de seguida en veure que entraven uns pares amb un cotxet. Va fingir que inspeccionava els fullets de propaganda, observant de reüll com entraven a l'ascensor. «Espero que no s'hagi aficionat a cruspir-se criatures, el paràsit», va pensar amb humor tètric. Tot seguit, quan l'ascensor se'ls va endur pou amunt, l'Àlex va tornar a examinar el forat de la bústia.

El fons era ple de paperets doblegats. En va palpar un munt. Va estirar els dits i amb les puntes va aconseguir treure'n uns quants.

Va haver d'esperar que passessin tres veïns més —amb la sensació constant que el miraven dissimuladament—, i per fi els va poder desplegar i llegir-los.

Eren escrits a mà i amb bolígraf verd. Tots contenien una sola frase concisa: «Vull deixar de fumar», deia un. «Vull que torni el meu marit», deia un altre. «Vull recuperar la vista», demanava un tercer.

Tots els paperets contenien desitjos.

L'Àlex va continuar llegint-los amb un nus a l'estómac, que a poc a poc se li enfilava cap a la gola.

«Vull que la meva filla sigui com abans.» «Vull que els meus pares siguin com abans.» «Vull que el meu cap tingui un accident greu.»

N'hi havia un que semblava escrit per l'Olga. No n'estava segur del tot, però la lletra era gairebé idèntica.

«Vull que tornin els meus pares», deia.

L'Àlex no va voler llegir-ne cap més. Va tornar a deixar-los al fons de la bústia i va tancar-la amb molt de compte. Li rodava el cap i els ulls li feien pampallugues.

El forat del pany semblava una boca que cridava de desesperació.

7

L'hivern va arribar de cop i va començar a nevar.

L'Àlex i l'Olga s'havien trobat en una cafeteria del centre, lluny del seu edifici. Tenia uns finestrals enormes amb vidres de colors, que pintaven les volves de neu com si fossin confeti. Semblava un escenari de conte de fades, el carrer. A les taules hi havia llums modernistes en forma de bolet: feien joc amb l'assortiment de tes i infusions de la carta. Tots dos havien demanat herbes digestives, com si el tomb que havia pres la història fos molt difícil de pair.

—Era com una bústia de suggeriments màgica —va dir l'Àlex, en acabar d'explicar-li el seu descobriment. Ella l'havia escoltat amb atenció, però no havia reconegut en cap moment que ja coneixia l'existència de la bústia, i encara menys que hi havia dipositat algun desig. Potser s'avergonyia d'haver-ho fet, com si fos una mostra de feblesa que es negava a confessar.

—Els vas llegir tots, els desitjos?

La seva veu reflectia inquietud, i alguns indicis d'hostilitat.

—No… —va respondre ell, insegur—. No, tots no.

—No n'hauries hagut de llegir cap —va dir ella—. És perillós tafanejar aquestes coses. En pots sortir escaldat.

Ell va mirar-la amb cara d'estranyesa. L'Olga l'observava amb ulls escrutadors, com si estigués a punt d'estirar-li la llengua. Al final, però, va mossegar-se la seva.

—Els veïns intueixen una presència màgica a l'edifici —va afegir—, i això els empeny a demanar-li desitjos. La gent tira monedes als pous i les fonts, i les tombes dels famosos són plenes de notes com les que vas descobrir tu. La gent ho divinitza tot. Ja no saben a qui resar.

Van estar callats una estona, mirant com nevava. L'Àlex tenia uns remordiments inexplicables, com si l'haguessin enxampat tafanejant un diari íntim.

Va trencar de conversa, per afluixar la tensió de l'ambient.

—Encara et veus amb cor de fer l'expedició? —va preguntar.

—Més que mai —va respondre l'Olga rotundament.

Van passar lentament les hores que els separaven de la nit de l'expedició. Havia de ser de nit perquè tots els veïns dormirien, i l'intrús de la sala de màquines segurament hauria baixat la guàrdia.

Quan va arribar el moment, van començar a preparar-se.

L'Olga es va vestir mentre sentia com roncaven els seus avis.

Els pares de l'Àlex van adormir-se per fi, carregats de somnífers. Es donaven l'esquena i cada un somiava que dormia amb una persona diferent.

Ell es va afaitar i es va pentinar bé i es va posar una caçadora que tenia nombroses butxaques, i en cada una hi va col·locar algun objecte que li podria ser útil: una llanterna, una navalla suïssa, un encenedor, caramels, un bloc de notes. També hi va guardar uns quants amulets: un soldadet de plom, una figureta d'un déu egipci, un naip i tres daus.

A les dotze en punt, va baixar les escales fins al pis de l'Olga i va veure que ja l'esperava al replà.

Feia tant de fred que els fumejava l'alè.

Van entrar a l'ascensor i van prémer el botó de l'àtic. Però en lloc de pujar van adonar-se que baixaven, i van seguir baixant de dret fins a la planta baixa, on van quedar completament encallats.

—No hi ha manera de fer-lo pujar —va xiuxiuejar l'Àlex.

—Es veu que *ell* també està despert —va dir l'Olga. Va prémer insistentment el botó de l'àtic, però l'ascensor no es movia de lloc, com si una àncora invisible l'hagués clavat als fonaments de l'edifici. Va donar-se per vençuda i va afegir—: No tindrem altre remei que pujar-hi caminant.

—Trenta pisos? —va fer l'Àlex, aclaparat.

—Ara sí que serà una veritable expedició —va replicar l'Olga com si res.

Va sortir de la cabina, però en lloc de començar a pujar les escales va dirigir-se cap al vestíbul.

—Vaig a donar un cop d'ull a la bústia dels desitjos —va anunciar.

—Vols dir? —va fer l'Àlex, mirant intranquil al seu voltant.

Ella no va respondre. Tot just va acostar-se ràpidament a la bústia de color negre sense pany. Va obrir-la, es va treure un guant i va ficar-hi la mà.

—Em sembla que s'ha endut tots els missatges —va afirmar al cap d'un moment.

—Qui? —va preguntar l'Àlex—. Et refereixes a *ell*?

—Espera't —va afegir ella—. Em sembla que toco alguna cosa. Ja la tinc. És un paper doblegat. Encara en queda un.

El va ensenyar a l'Àlex. Després es va treure l'altre guant, va desplegar el trosset de paper i el va llegir en veu baixa.

—Què hi diu? —va preguntar l'Àlex nerviosament.

Ella va dirigir-li una mirada que el va deixar encara més inquiet.

—Ja ho saps —va dir—. No dissimulis.

—«Vull que tornin els meus pares»? —va dir ell a mitja veu.

—Sabies que era meu, oi?

—Sí —va admetre l'Àlex.

—M'ho vas amagar.

—Tu també.

—Doncs ara ja ho saps —va fer ella—. No crec en fantasmes, però en alguna cosa haig de creure.

—Com tothom.

—I tu? —va preguntar ella bruscament—. En què creus?

—Encara no ho sé.

—A veure si aquesta nit ho descobreixes —va replicar l'Olga misteriosament.

Va tornar a plegar el paper i a ficar-lo a la bústia.

—Per si de cas.

Va fer mitja volta i va començar a pujar les escales.

8

Així que van arribar al primer pis, mig minut més tard, l'Àlex va començar a pressentir que els espiaven.

—Últimament tinc la sensació que els veïns m'espien —va dir en veu baixa—. Va ser després d'un somni esgarrifós en què els espiells de les portes eren ulls.

L'Olga va aturar-se de cop, amb cada peu en un graó diferent.

—Jo també —va xiuxiuejar.

—Vas tenir el mateix somni?

—No —va contestar ella—. També tinc la sensació que ens espien.

—Ara mateix?

—Ara mateix.

Tots dos van quedar immòbils a diferents alçades de les escales, com dues estàtues ambulatòries.

L'Àlex va començar a notar fiblades a la pell, com si tot de mirades invisibles se li clavessin literalment al cos.

—Que mirin —va murmurar—. No veuran res.

I va seguir pujant les escales i va avançar l'Olga. Ella va reprendre la marxa al seu darrere.

Al replà del segon pis van trobar un veí. Era calb, duia un batí florejat i una llanterna encesa, tot i que hi havia llum de sobres. L'Àlex no l'havia vist mai, però ell els observava com si els estigués esperant.

—Qui sou, vosaltres? —va preguntar bruscament.

—Vivim en aquest bloc —va respondre l'Olga.

—Als pisos divuit i vint?

—Sí —va contestar l'Àlex, sorprès.

El veí se'l va quedar mirant amb desconfiança.

—He rebut una trucada anònima —va explicar—. Fa cosa de mitja hora. Veu d'home. M'ha dit que pels volts de mitjanit passaríeu vosaltres, que anàveu a la sala de màquines de l'ascensor perquè us penseu que s'hi amaga algú.

—Què? —va exclamar l'Olga.

—Això m'ha dit —va respondre el veí, cada cop més suspicaç—. Es pot saber quina mena de broma és aquesta? Estava dormint, jo.

—No és cap broma —va afirmar l'Olga—. A la sala de màquines hi ha un intrús que es dedica a manipular l'ascensor.

—Manipular? —va preguntar el veí—. En quin sentit?

—No li ha passat mai cap incident, en agafar algun dels ascensors? —va preguntar ella.

—Incident? No t'entenc, noia. Explica't més bé.

—Alguns veïns em van dir que els ascensors feien coses estranyes —va aclarir l'Olga—. No se'n recorda de cap, vostè?

—Coses estranyes? —va fer el veí, arronsant les celles—. Com ara quedar-s'hi tancat?

—Per exemple —va respondre l'Olga—. Avaries estranyes, aturades en pisos diferents, sorolls...

—Ara que ho dius... —va murmurar el veí.

—Què? —va incitar-lo l'Olga.

El veí va encendre la llanterna de sobte i va enfocar la porta fosca de l'ascensor, com si fos un punter.

—Una vegada —va seguir dient— vaig agafar-lo per anar a veure un amic malalt que vivia al pis vint-i-nou. Quan ja era a dins va entrar-hi un desconegut, i vam fer el viatge junts. L'ascensor semblava més lent del que és normal. Tot d'una, a mig camí, es va parar de cop. L'home va girar-se cap a mi i em va dir: «Mal senyal». Em vaig pensar que era un comentari qualsevol, però quan anava a afegir-hi alguna trivialitat semblant, l'ascensor va tornar a engegar-se. Devien haver passat cinc segons encara no. El desconegut va baixar al pis següent, i jo vaig continuar tot sol.

Va apagar la llanterna i es va estrènyer el cinturó del batí.

—Quan vaig arribar a casa del meu amic, em van dir que s'acabava de morir.

—Com? —va exclamar l'Àlex.

El veí va fer que sí amb el cap.

—«Mal senyal» —va repetir a mitja veu—. Pura casualitat.

—Quin aspecte tenia, el desconegut? —va preguntar l'Olga—. Se'n recorda?

—Ara que ho dius... —va murmurar—. No recordo el seu aspecte, però la veu del telèfon... Em sonava.

—Podia ser ell?

El veí va arronsar les espatlles.

—Ni idea —va respondre. Va respirar fondo, i després va afegir amb veu de cansament—: Es pot saber què passa?

—Ja li ho hem dit —va respondre l'Olga—: hi ha un estrany a la sala de màquines que està jugant amb la vida de les persones d'aquest bloc.

—Trucaré a la policia —va dir l'home del batí.

—La policia no hi podrà fer res —va replicar l'Olga amb convicció—. Seria com cridar un rellotger perquè ens molesta que passi el temps. L'intrús no és cap delinqüent. És com un maquinista que fa anar una màquina que no acaba d'entendre.

—Jo sí que no t'entenc —va admetre el veí amb un esbufec—. Tinc molta son, jo. Continueu jugant, si voleu, però no feu soroll. M'haig de llevar d'hora, jo. Un servidor treballa, sabeu? Jo sí que entenc com funciona la màquina: treballes com un esclau per poder ser lliure. Quan era petit també creia en presències misterioses que et dirigien la vida. Aleshores em vaig fer gran i vaig descobrir que la vida se la dirigeix un mateix... o el seu cap de l'empresa.

—No ha desitjat mai que el seu cap tingui un accident greu? —va preguntar l'Àlex en un rampell.

El veí va apuntar-lo agressivament amb la llanterna, com si ja no fos un punter, sinó una pistola.

—Què? —va exclamar. Va clavar-li una mirada entre assassina i atemorida, va fer un altre esbufec, va entrar al seu pis i va tancar la porta bruscament.

—Era un dels desitjos de la bústia? —va xiuxiuejar l'Olga, escandalitzada.

L'Àlex va fer que sí amb el cap. Estava avergonyit i penedit de la seva impertinència.

—Què t'ha agafat? —va renyar-lo.

Ell va remenar el cap i va arronsar les espatlles.

—No ho sé —va admetre—. Se m'ha escapat.

—Ja et vaig dir que era perillós tafanejar els secrets dels altres —li va recordar l'Olga—. Després passen coses com aquesta.

—Em sap greu —va disculpar-se l'Àlex.

Van continuar l'ascensió. Del segon pis van passar al tercer. El replà encara estava més concorregut. Hi van trobar dues dones d'uns cinquanta anys, amb tot l'aire de ser germanes. L'Àlex tampoc no les coneixia, ni tan sols de vista. Anaven vestides amb bates llargues i l'una fumava una cigarreta. L'altra no parava de mirar-se el rellotge tota nerviosa, com si a partir de mitjanit poguessin passar coses imprevisibles en qualsevol moment.

—Hem sentit sense voler la vostra conversa amb el senyor del segon —va dir la fumadora—. Dèieu no sé què d'un intrús que ens vigila?

L'Olga anava a corregir-la, però va deixar que continués, per veure fins a quin punt ho tergiversava tot. Va limitar-se a fer un moviment dubtós amb el cap, per animar-la a seguir xerrant. Però no va continuar ella, sinó la germana del rellotge:

—També hem rebut una trucada estranya, aquesta nit —va explicar—. Hi havia algú al telèfon, però no deia res. —Es va estremir, i va contenir-se per no mirar el rellotge.— De vegades tenim la sensació que ens vigilen...

Es va tirar amunt les solapes i el coll de la bata. Tremolava de fred i de por.

L'Olga va continuar muda. La germana fumadora va reprendre la paraula.

—L'hem sentit sovint —va dir—. Sobretot de matinada. Sentim que l'ascensor s'atura davant de la nostra porta, i que en baixa un individu. Camina fent molt de soroll, amb sabates d'home. I comença a mirar per l'espiell, de fora estant, provant de veure alguna cosa...

Va callar en sec i va xuclar el cigarret amb tanta energia que en va cremar gairebé dos centímetres. Va treure una glopada de fum que els va desdibuixar, com s'estaven desdibuixant els fets.

—Em sembla que els ha trucat un home que s'amaga a la sala de màquines —va afirmar l'Olga—. Fa temps que li seguim la pista, i avui hem decidit plantar-li cara.

—Vosaltres dos? —va exclamar la germana del rellotge—. A un home alt i cepat com ell? A un pervertit?

—No sabem si és alt i cepat —va replicar l'Olga—. Ni si és cap pervertit. L'únic que sabem és que ens controla la vida per mitjà de l'ascensor.

La germana fumadora va apagar el cigarret en la tapa metàl·lica d'un tub de pastilles que duia a la butxaca.

—Ja ho sabia, jo, que hi havia algú que ens controlava —va murmurar, encenent un altre cigarret—. El meu marit… —Va callar en sec en veure la mirada de retret que li llançava la seva germana. Va fer una ganyota d'indiferència i va continuar parlant com si res—: El meu marit se'n va anar amb una dona que va conèixer a l'ascensor. Una estrangera que netejava l'escala. Una dona de *fer feines estrangera* —va repetir despectivament—. Es veu que va demanar l'ascensor, un matí, i va trobar-hi casualment una galleda i un pal de fregar: com la punyetera sabateta de la Ventafocs, no sé si m'explico. Es veu que feia olor de lleixiu, l'ascensor, però també d'un perfum especial, que no era cap detergent… D'un perfum *màgic*. Seduït per aquella flaire, com als anuncis més vulgars, el meu marit va començar a córrer amunt i avall, igual que un gos en zel, seguint l'aroma de la dona de fer feines. Fins que va trobar-la per fi i va poder-li tornar la galleda i el pal, com una mena de príncep de pa sucat amb oli, i ella, oh, se'n va enamorar.

—No és la primera vegada que ajunta parelles, l'intrús de la sala de màquines —va observar l'Àlex—. Els meus pares també es van conèixer gràcies a ell.

—I són feliços?

—No.

—El meu marit tampoc —va replicar la fumadora, amb cara d'amargada—. La dona de fer feines va desaparèixer un bon dia com havia aparegut, però aquest cop no va deixar més rastre que la galleda i la baieta. Com un conte de fades, però al revés.

—És evident que hi ha una força superior que ens vol amargar la vida —va intervenir la seva germana, mirant-se el rellotge—. A mi també em va deixar, el meu home. Per culpa de l'ascensor.

—També? —va preguntar l'Olga.

—En poques paraules —va afegir la dona—: vivíem al trentè pis. Estava espatllat. L'ascensor, vull dir, no pas el meu marit. La nostra relació sí que ho estava. Ningú no es veu amb cor de baixar a peu trenta pisos i tornar-los a pujar amb l'únic propòsit d'anar a comprar tabac. Sobretot si tens els bronquis enquitranats com una carretera comarcal. —Va donar un cop d'ull acusador a la seva germana fumadora.— Com estava dient, el meu home s'havia quedat sense tabac, però l'ascensor no anava bé. Havíem avisat el tècnic dos dies abans, però no hi havia forma humana que es presentés. Aleshores, de cop i volta, va arreglar-se tot sol, l'ascensor. Al pitjor moment, diria jo. Al moment més perillós. El meu home va poder agafar-lo per anar a comprar cigarrets, però un cop a baix, quan ja era al carrer, va tornar-se a espatllar. L'ascensor, vull dir, no pas el meu home. Com si s'hagués arreglat expressament per deixar-lo fugir de casa. De vegades penso que hauria tornat, però quan va veure que havia de pujar trenta pisos a peu, va decidir que l'esforç no pagava la pena, i per això va tocar el dos. Com si ja hagués fet prou esforços a la vida. Sí, de vegades penso que la culpa va ser d'aquest maleït ascensor. I també penso que tornarà tard o d'hora. —Va mirar-se el rellotge per enèsima vegada.— Més tard que d'hora, segurament…

Els punts suspensius van deixar un pòsit d'amargor a l'ambient glaçat del replà.

—No crec que hi hagi cap força superior —va dir l'Olga—. És «superior» simplement perquè s'amaga a dalt de tot de l'edifici. I és una força com ho és l'electricitat, perquè sempre ataca a traïció.

Les dues germanes van mirar-la inexpressivament.

—Encara sou joves i optimistes, vosaltres —va dir la fumadora, traient fum—. Encara creieu que es pot vèncer l'home de la sala de màquines. Això és perquè la vida encara no us ha ensenyat cap lliçó.

—Bona nit —va dir la seva germana—. I bona sort.

Van entrar a casa seva i van deixar a l'escala la pudor trista del tabac consumit, com la flaire de dues vides que se n'han anat amb el fum.

—Continuem? —va dir l'Olga.

L'Àlex estava pansit.

—Anima't, home —va dir l'Olga—. Que encara som joves i optimistes.

Ell va respirar fondo.

—Endavant —va dir.

El que no li va dir, però, és que la conversa amb les germanes li havia dut a la memòria dos desitjos més dipositats a la bústia: «Vull deixar de fumar» i «Vull que torni el meu marit».

Ara ja sabia qui n'eren les autores.

9

Als dos replans següents no els esperava ningú; només van advertir la presència omnipresent dels espies. L'Àlex s'imaginava que els veïns que no gosaven donar la cara devien haver sofert les pitjors maquinacions del paràsit de la sala de màquines. S'imaginava vides destrossades per la diabòlica energia cinètica de l'ascensor, fortunes trastocades per una simple aturada a la planta que no tocava.

L'Àlex i l'Olga no corrien, però les veus sí.

A la sisena planta van trobar obertes dues portes del replà: la C i la D. Hi regnava un silenci absolut, tant a l'interior dels pisos com a fora, per això resultava encara més xocant veure dues parelles de vells que ballaven lentament d'una banda a l'altra, tapats amb abrics i bufandes. Els senyors agafaven les senyores per la cintura, i elles tenien les mans col·locades púdicament a l'esquena dels seus homes.

L'Olga i l'Àlex van quedar parats en veure aquella escena insòlita.

Els homes duien un CD de butxaca enganxat al cinturó. De l'aparell sortia un cable que es dividia en dos auriculars, i cada un estava fixat a l'orella d'un ballarí, de manera que cada parella compartia la música.

Si escoltaves amb atenció, podies sentir tocar una orquestra, però molt llunyana i esmorteïda, com si fos formada per músics lil·liputencs.

Quan van adonar-se de la seva presència, es van anar aturant amb parsimònia, es van separar i es van treure els auriculars.

—Per fi heu arribat —va dir una de les dones—. Fa dies que us esperem.

—Corria la veu que vindríeu aviat, però ningú no en sabia la data —va afegir el seu company.

—No podíem dormir dels nervis —va admetre l'altra dona—. Sort que encara podem ballar.

—Ballàvem tota la nit —va intervenir el quart vell—. Així enganyàvem la son.

L'Olga i l'Àlex se'ls miraven esbalaïts.

—Els va trucar algú, dient que vindríem? —va preguntar ella.

—No —va contestar la que havia parlat en primer lloc—. Corrien rumors.

—La gent diu que us preguntem si sabeu res dels nostres fills —va afegir el seu company de ball, que també era el seu marit, passant-li el braç per l'espatlla.

—Dels seus fills? —va preguntar l'Olga, confosa.

La primera parella va assenyalar la segona.

—El nostre fill i el seu van desaparèixer ara fa cinquanta anys —va explicar la dona—. Jugaven junts a l'escala. Dos testimonis van veure que pujaven a l'ascensor. Ja no n'hem sabut res més. Aviat farà cinquanta anys.

—Cinquanta anys? —va exclamar l'Àlex.

Les dues parelles van fer que sí amb el cap, perfectament coordinades, com si fos un moviment de ball.

—No en sabem absolutament res, nosaltres —va admetre l'Olga.

Els vells van mirar-la decebuts.

—Tampoc no sabeu si és veritat, allò que diuen de l'entreplanta?

—Quina entreplanta? —va replicar l'Olga.

Va respondre el marit de la primera dona:

—Diuen que si marques una clau amb els botons de l'ascensor, es para en una planta secreta situada entre dos pisos...

—L'entreplanta —va aclarir la seva dona—. Potser hi van anar a parar, els nostres fills, i s'hi van perdre.

—O els va raptar algú que hi estava amagat —va suggerir l'altre marit.

—Diuen que esteu buscant un home que s'amaga a la sala de màquines —va intervenir la seva dona—. Potser va ser ell qui els va raptar. Potser era l'habitant de l'entreplanta.

L'Olga remenava el cap contínuament, negant-ho tot, cada cop més perplexa.

—És veritat que hi ha un intrús a la sala de màquines —va dir—. És veritat que volem desemmascarar-lo. Però mai de la vida no hem sentit parlar de cap entreplanta.

—Mai de la vida? —va dir la dona de la segona parella.

—Mai.

Les dues parelles van tornar a ajuntar-se. Les mans van agafar espatlles i cintures.

—És igual —va dir la primera dona—. Seguirem ballant, com sempre. Si descobriu alguna cosa, ja sabeu on parem.

—La qüestió és no parar mai —va replicar el seu marit.

Van tornar a col·locar-se els auriculars, es van aïllar del món exterior i van reprendre el seu ball interminable i pausat. L'orquestra continuava tocant en sordina.

—D'acord —va dir l'Àlex.

Però ja no el van sentir.

Com més escales pujaven, més fred era l'ambient. Per les lluernes de vidre esmerilat, collades a la paret dels replans, es podia veure com queia la neu en silueta.

—No entenc res —va confessar l'Àlex, asseient-se en un graó—. S'estan inventant la nostra vida i miracles.

—Sobretot els miracles —va dir l'Olga—. Es veu que ho hem de saber tot i que ja caminem des de fa dies.

—Com més amunt som, més pugem de categoria.

—Saps què passa? —va dir l'Olga—. Que jo mateixa, fent preguntes a tothom, vaig posar en marxa els rumors. Els veïns es limiten a fer-se'n ressò, i tothom està recordant incidents que al seu moment van passar desapercebuts, o van ser interpretats malament.

—I les trucades que han rebut alguns?

—L'intrús sí que ho sap tot —va respondre l'Olga—. Sabia, no sé pas com, que pensàvem pujar a la sala de màquines, i n'ha posat al corrent uns quants veïns.

—Però per què ho ha fet?

—No ho sé —va dir l'Olga—. Sembla que pretengui escampar la notícia de la seva existència, la seva llegenda, i ens hi vulgui incloure, com si també volgués que forméssim part d'aquesta llegenda.

—Tots els sants Jordis necessiten un drac —va murmurar l'Àlex tètricament—. M'agradaria saber com acabarem, nosaltres: si morint o matant...

—No crec que hàgim de matar ningú —va replicar l'Olga—. I jo, personalment, espero salvar la pell.

—Creus que l'intrús ha decidit ensenyar la cara? —va preguntar l'Àlex—. Creus que pot tenir tanta cara?

—Quan un déu, per insignificant que sigui, ensenya la cara, no es diu que té «cara», sinó que s'ha revelat —va raonar l'Olga—. Vaig estudiar en una escola religiosa, jo.

—S'ha revelat i ens ha revelat —va dir l'Àlex, posant-se dret—. Què fem, doncs? Continuem el nostre viacrucis?

—Passem a l'estació següent.

La pròxima planta estava completament a les fosques, i la bombeta de l'escala no s'encenia de cap manera. L'Àlex en va prémer l'interruptor una i altra vegada, inútilment.

—No necessito llum, jo —va dir una veu d'home.

L'Olga va agafar-se instintivament al braç de l'Àlex, que s'havia espantat tant com ella.

—Sóc cec, sabeu? —va aclarir l'home que parlava dins la foscor.

—Ah, bona nit —va saludar l'Olga, respirant més tranquil·la—. No hi ha cap llum en aquest replà?

—En aquest moment, no —va respondre ell. Després va afegir—: He sentit la vostra conversa amb els ballarins de la tercera edat. Els cecs tenim l'orella molt fina, sabeu? La meva és tan fina que sentia la música amb què ballaven i tot.

—Ah, sí? —va fer l'Àlex—. I què li ha semblat?

—Massa clàssica per al meu gust —va respondre.

—Em referia a la conversa —va concretar l'Àlex.

—Jo hi vaig ser, a l'entreplanta.

—Què? —van fer tots dos a l'una.

L'home invisible va callar un moment.

—Escolti? —va fer l'Olga, tota nerviosa.

—És cert —va continuar ell, trencant el silenci—. Com deien els vells, hi havia un codi secret per accedir-hi. El vaig descobrir sense voler. Un dia em vaig equivocar en prémer els botons de l'ascensor. Vaig marcar la clau per casualitat. Va ser així que em va deixar en aquell lloc. Em pensava que era a casa meva, però havia anat a parar a l'entreplanta.

Va fer una pausa. L'Olga va estrènyer més fort el braç de l'Àlex.

—Hi va trobar cap pista dels nens desapareguts? —va preguntar ell.

—Vaig ensumar alguna cosa terrible —va admetre.

—Va tenir un pressentiment? —va preguntar l'Olga.

—No, ho dic al peu de la lletra —va replicar ell—: vaig ensumar la flaire de la mort.

Va fer una pausa. El silenci i l'esglai van espessir la foscor.

—Era un lloc on podies ensumar la mort i el perill —va afegir—. I una altra cosa invisible, també. L'aire era carregat de por i d'amenaça. Us ho podeu ben creure.

El braç de l'Olga s'havia soldat amb el de l'Àlex.

—No sé com hi vaig arribar —va prosseguir el cec—. Però encara sé menys com me'n vaig escapar. Era un lloc habitat, n'estic segur. Hi vaig notar una presència voraç i desesperada..., però que esperava alguna cosa. Alguna cosa que es feia esperar massa. Per una vegada a la vida em vaig alegrar de ser cec. No sé què hauria vist, ni si hauria vist res, però la simple possibilitat d'entreveure alguna cosa em va moure a tancar els ulls. Imagineu-vos-ho: un cec que tanca els ulls perquè té por de veure-hi!

L'Àlex no s'ho podia imaginar, però va recordar un altre missatge de la bústia: «Vull recuperar la vista». Si era el cec qui havia demanat aquell desig, com devia ser de terrible la seva por per estar disposat a renunciar-hi?

—He sentit que voleu entrar a la sala de màquines de l'ascensor —va continuar dient—. Que esteu convençuts que s'hi amaga algú. Jo no ho faria pas, després de la meva experiència. Però suposo que algú ha de fer el primer pas perquè els altres puguin caminar. No trobeu?

—Sí —va admetre l'Olga, sense saber què volia dir exactament.

—Que el vostre desig es compleixi —va afegir el cec—. Que es compleixin els desitjos de tots.

L'Àlex va sentir una esgarrifança inexplicable.

Ell i l'Olga se'n van acomiadar i van seguir escales amunt, buscant la llum del pròxim replà.

A l'entrada del pis B hi havia una nena petita que duia una nina en cada mà. Concretament, un nino i una nina. Duia posat un barnús blau, que la tapava de dalt a baix, i unes sabatilles blanques en forma de taurons. Tenien les boques obertes i plenes de dents.

—Sou vosaltres, oi? —va preguntar.

L'Olga va escurar-se la gola.

—Què entens, per «vosaltres»? —va fer amb la veu rogallosa.

—Els que aneu a matar el monstre.

—Nosaltres?

La nena els va ensenyar les nines.

—Dormo amb vosaltres al llit perquè em protegiu, i aleshores somio que mateu el monstre i feu tornar els meus pares.

L'Olga va agenollar-se davant d'ella, amb posat maternal.

—L'has vist mai, el monstre? —va preguntar.

La nena va abaixar la veu.

—N'he vist dos —va respondre fluixet. Va balancejar-se d'un costat a l'altre, i les boques de les sabatilles taurons van mossegar el buit.— Diuen que són els meus pares..., però els meus pares de debò es van perdre. Aquests van arribar una nit. L'ascensor me'ls va canviar.

—No pot ser —va dir—. Ho deus haver somiat.

—Sí que somio —va dir la nena—. Somio que em torneu els meus pares de debò.

«I després ho escrius i ho deixes a la bústia dels desitjos», va dir-se l'Àlex. «Els teus pares fan el mateix, de segur que no ho saps. Qui té raó? Què us deu haver passat?»

En totes les famílies hi havia misteris: totes les famílies eren misteris.

—Torna't a ficar al llit —va dir—. Encara tenim feina, nosaltres. —I va afegir—: Farem el que podrem.

—Adéu —va acomiadar-se la nena, tancant la porta.

A l'Àlex li va semblar que veia algú darrere d'ella, al fons del passadís. El seu pare? El *monstre*?

10

Van pujar tres pisos més en silenci. Tots estaven ben il·luminats, com si el parèntesi de foscor s'hagués tancat per sempre.

—Era ell, oi? —va preguntar l'Àlex.

—Qui?

—L'habitant de l'entreplanta i l'intrús són la mateixa... cosa?

—Espero que sí —va replicar l'Olga—. No m'agradaria que n'hi hagués dos.

—Vaig somiar que m'esperava a l'ascensor —va recordar l'Àlex—. M'agafava pel coll amb unes ungles molt llargues.

—Ungles i taurons —va murmurar l'Olga—. Monstres, taurons i ungles.

I rialles convulsives.

Venien del pis següent. No hi havia cap motiu visible d'hilaritat, però podien sentir una rialla interminable i mecànica. Semblava que s'anés a acabar, però tornava a començar de seguida.

Al replà següent van trobar una infermera grassa —amb còfia inclosa—, que tenia cura d'un noi molt prim assegut en una cadira de rodes. La rialla sortia de la seva boca, amb una crepitació desagradable que recordava l'espetec d'un xerric-xerrac.

—No té cura, l'Eloi —els va explicar la infermera, tan bon punt els va veure—. Riu i riu sense parar, les vint-i-quatre hores del dia. Quan dorm afluixa una mica, i quan es desperta torna a riure com ara. No se'n cansa mai.

El noi va girar-se cap a ells i se'n va riure a la cara. Tenia els llavis tallats i ressecs de la tibantor constant. La infermera els hi va untar amb una pomada.

—Diuen que quan mires al fons d'un abisme, aquest et torna la mirada —va sentenciar—. L'Eloi no va mirar per cap abisme, sinó pel pou de l'ascensor. El que hi va veure el va deixar en aquest estat.

—Què hi va veure? —va preguntar l'Olga. Tenia ganes de tapar-se les orelles: no perquè li fes por la resposta, sinó per deixar de sentir aquella rialla enfadosa d'autòmat.

—No ho sap ningú —va respondre la infermera—. Els seus pares el van trobar ajagut a terra, davant de la porta oberta de l'ascensor. No saben si va obrir-la ell, o no. A l'altra banda hi havia el pou buit i negre. D'ençà d'aquell dia no ha parat de riure. És un cas incurable.

—Incurable del tot? —va dir l'Àlex, esgarrifat.

—En teoria, sí —va contestar la infermera—. Per això us esperava. He sentit dir que sou els únics que podeu salvar aquest edifici.

—Què? —va exclamar l'Olga, estupefacta. No aconseguia acostumar-se a la seva fama creixent.

—És el que opina la gent —va replicar la infermera—. Corre la veu que a la sala de màquines de l'ascensor s'hi amaga un paràsit que ha fet la guitza a tothom. Potser li va veure la cara, l'Eloi. Potser es curarà, si vosaltres la hi trenqueu…

—Ha, ha, ha, ha…! —va fer l'Eloi, com si li rigués l'acudit.

—La seva cara és difícil de veure —va admetre l'Àlex—. I suposo que encara més de trencar.

—Em consta que sou capaços de tot, vosaltres —va replicar la infermera—. Es comenta que heu curat algunes persones amb la vostra sola presència.

—Ah, sí? —va murmurar l'Àlex, avergonyit.

—I tant —va recalcar la infermera—. Us faria res de tocar l'Eloi? A manera de prova, vull dir. Com un experiment.

—En absolut —va dir l'Olga.

Ella i l'Àlex van allargar les mans, amb un certa aprensió, i les hi van posar sobre el cap.

Ell va girar els ulls amunt i va esclatar a riure encara més fort.

—L'ascensor —va dir entre dents, mig ofegant-se—. Està pujant…

Era veritat: s'acabava de posar en marxa la maquinària que l'arrossegava pou amunt. Era algun veí? O una nova maquinació de l'intrús?

—Digues adéu, Eloi —va fer la infermera, empenyent la cadira cap a l'entrada d'un dels pisos.

Ell, però, no podia parar de riure. I va continuar rient darrere la porta tancada, cada vegada més lluny.

—Compte —va dir l'Olga.

L'ascensor va passar pel seu davant, un rectangle de llum fugaç, i va parar un pis més amunt.

Hi van pujar en quatre salts i van observar atemorits la porta de vidre.

—Em sembla que sento venir l'altre ara —va dir l'Àlex.

No s'equivocava: el segon ascensor, al cap d'un moment, parava al costat del primer.

Tots dos eren buits. A l'interior sonava una música mel·líflua de sala d'espera.

—Ens posa a prova —va dir l'Àlex—. Vol que en triem un.

—Dues portes, dos destins —va insinuar l'Olga—. No té importància, el destí que triem. Ell sempre jugarà amb avantatge.

—Potser s'ha cansat de jugar.

Van entrar al primer ascensor i van prémer el botó de l'àtic.

—Val més que resem —va dir l'Olga.

Inesperadament, però, la cabina va arrencar en la direcció que volien.

—Anem bé? —va fer l'Àlex, tot sorprès.

—Anem bé.

L'indicador anava assenyalant els pisos obedientment. El fil musical amenitzava el trajecte, com si estiguessin dins l'ascensor més normal del món.

Tot i que pujava, però, no van arribar a l'àtic. Van parar abans al vintè pis.

—Som a casa teva —va fer l'Olga—. Almenys ens hem estalviat un bon tros.

L'Àlex va girar-se cap a ella, amb cara d'amoïnat.

—Com és que hem parat a casa meva, precisament?

—No deus pensar que és un mal presagi, oi? —va insinuar ella—. Com ara la història que ens ha explicat aquell veí?

—La de l'amic mort?

—Exacte.

—Ja no sé què pensar —va admetre ell.

Dubtaven. No gosaven ni sortir ni quedar-s'hi més estona, no fos cas que els tornés a arrossegar fins a la planta baixa un altre cop. Hauria estat esgotador repetir el trajecte i retrobar les mateixes persones.

—Sortim?

—Sortim.

Van armar-se de valor i van sortir al replà del vintè pis.

Els va envoltar la penombra. La porta del pis era l'únic objecte definit, il·luminada per la llum escassa de l'ascensor. Els límits del replà s'esfumaven com si no acabessin d'existir, i la música ressonava d'una manera espectral, accentuant la sensació de buidor.

—No és casa meva —va dir l'Àlex amb un fil de veu.

—Què?

—L'ascensor indicava el pis vintè, però això no vol dir que ho sigui.

L'Olga va fer un pas endavant, però l'Àlex va agafar-la pel braç.

—No et moguis —va manar-li—. Sobretot, no et moguis.

Va treure's la clau de casa seva de la butxaca i va provar de ficar-la al pany.

—No hi va bé, ho veus? —va dir.

—On hem anat a parar, doncs? —va xiuxiuejar l'Olga.

—A l'entreplanta? —va respondre l'Àlex.

—No pot ser. No existeix.

—Deu existir.

—Mira —va fer l'Olga—. Diria que la porta no està ben tancada.

Va allargar la mà, amb peus de plom.

—Vigila —va xiuxiuejar l'Àlex, espantat.

L'Olga va empènyer la porta: primer fluix, després més fort. La segona empenta va fer que s'obrís amb un cruixit. Tot era fosc, a l'altra banda, d'una foscor tan espessa que la claror de l'ascensor no hi penetrava gens.

Als seus peus udolava un vent gelat, procedent de les entranyes de l'edifici.

—Hi ha un pou —va anunciar l'Olga a mitja veu—. I em sembla que és molt i molt profund.

Tots dos s'hi van acostar mig pas i van inclinar-s'hi lleugerament. La boca rodona del pou s'insinuava a l'altra banda de la porta, gairebé invisible, com el contorn d'un forat negre en algun punt de l'univers.

—Creus que...? —va començar a dir l'Olga. Però no es va veure amb cor d'acabar la frase.

—Sí que ho crec —va respondre l'Àlex, llegint-li els pensaments—. Devien caure en aquest pou, aquells dos nois.

—Creus que és una trampa? —va murmurar l'Olga, esgarrifada—. Que està fet expressament?

—Ho sembla, no? —va admetre l'Àlex—. L'ascensor et deixa en un lloc que podria ser el teu pis. Obres la porta..., i caus daltabaix.

L'Olga va fer un sospir tremolós.

—Van desaparèixer fa cinquanta anys, els dos nois —va recordar—. És l'edat d'aquest edifici, si fa no fa. Se m'acaba d'acudir una teoria esgarrifosa, que explicaria l'existència d'aquest forat trampa. Però és tan esgarrifosa que costa de creure. Em prendràs per boja.

—No t'hi he pres mai, per boja —va replicar l'Àlex—. Ni tan sols al començament.

Ella va respirar fondo.

—D'acord —va dir—. Antigament enterraven persones als fonaments dels edificis.

—Persones vives?

—No ho sé —va reconèixer l'Olga—. Segurament. Ho feien com a ofrena dedicada als déus protectors de la casa. Estaven convençuts que protegirien els seus habitants.

—Antigament? —va preguntar l'Àlex—. Molt antigament, ho feien?

—Em sembla que a l'època romana —va respondre l'Olga—. I també a l'edat mitjana. Potser més endavant i tot.

—Com ara cinquanta anys enrere?

L'Olga va arronsar les espatlles.

—Pot ser... —va dir—. Imagina-t'ho. El constructor hi creu, en aquestes coses. Evidentment, no pensa sacrificar una persona de cara al públic, com qui bateja un vaixell amb una ampolla de xampany. Això no es fa, avui dia. Ni tan sols no està disposat a fer-ho en secret. Tinguem en compte que és una persona decent, un peix gros dels negocis immobiliaris. Però hi ha moltes maneres de fer les coses. Maneres dissimulades, gairebé casuals. Tires la pedra, amagues la mà i no te l'embrutes. Només cal que preparis la trampa, i te'n desentenguis. Si hi cau algú, gairebé no serà culpa teva. Sempre pots dir que ha estat un accident. Suposant que ho descobreixin, és clar.

—A veure si ho entenc —va fer l'Àlex—. Van construir un edifici amb una trampa per invocar els déus protectors —va assenyalar a terra amb el dit—. Aquest forat?

—Aquest forat.

—I els nois que hi van caure van anar a parar als fonaments.

—Pot ser —va admetre l'Olga.

—I van morir com a víctimes d'un sacrifici encobert.

—És la meva teoria.

L'Àlex va tirar-se amunt el coll de la caçadora. El vent pujava dels fonaments barrejat amb una flaire de descomposició, semblant a la que s'acumulava en certs racons dels cementiris.

L'Àlex va abaixar la veu i va apartar-se del corrent que sorgia del pou.

—M'acabo de recordar de les paraules del cec —va dir—. La flaire de què parlava...

L'Olga va posar-se el dit als llavis.

—Xxxt —va fer—. No diguis res més. No ho vull tornar a sentir.

L'Àlex va emmudir en sec; respirava per la boca.

—És possible que l'intrús ens hagi empès fins aquí, amb el propòsit de fer-nos caure a la trampa?

—Ni idea —va respondre l'Olga—. No sé què hauria passat si haguéssim escollit l'altre ascensor.

—És aquí, l'intrús? —va preguntar l'Àlex.

—De cap manera —va afirmar l'Olga amb una contundència esperonada per la por—. D'aquí estant no podria controlar l'ascensor.

—Tens raó —va fer l'Àlex, alleugerit—. No saps com m'alegro de sentir-ho.

Va respirar fondo, maldant per deixar al marge el nas.

—Qui és l'intrús? —va preguntar tot seguit—. No és cap home, oi?

—Ni cap dona.

L'Àlex va fer una ganyota.

—És un déu protector?

—Si duem la meva teoria fins a les últimes conseqüències, sí.

—Em pensava que no creies en fantasmes.

—En fantasmes, no —va replicar ella—. Però els déus són més complicats.

—I a qui protegeix, aquest? —va preguntar l'Àlex amb escepticisme—. No sembla que als habitants d'aquesta casa ens hagi protegit gaire.

—Suposo que el principal beneficiari va ser el presumpte autor del sacrifici.

—El constructor?

—Exacte —va replicar l'Olga—. Ell no ha parat mai d'enriquir-se. Va fer diners al principi, gràcies a aquest edifici, i cada cop n'ha guanyat més revenent pisos barats a preus astronòmics. Això li ha permès construir-ne de nous i continuar enriquint-se. A còpia de més sacrificis, segurament.

—«A còpia de sacrificis» —va dir l'Àlex pensatiu—. És el que diuen els milionaris quan els pregunten com han fet la seva fortuna…

Van estar una estona en silenci, aclaparats per les seves pròpies elucubracions.

—Duraven per sempre, els sacrificis? —va preguntar l'Àlex al final—. O tenien data de caducitat i s'havien de renovar?

—No ho sé —va admetre l'Olga—. Però no m'agrada pensar que ens han dut fins aquí com a carn fresca per alimentar els fonaments.

—Ja sé que no vols que t'ho recordi —va dir l'Àlex—, però el cec ha dit que va notar una presència que esperava alguna cosa que es feia esperar. Una presència que tenia gana.

—«Voraç i desesperada» —va recordar l'Olga—. Potser va complir el contracte, va fer ric el propietari i després es va quedar sense feina. Ja saps allò que diuen: que entre l'oci i el vici només hi ha un pas.

—Vols dir que el déu protector va començar a avorrir-se? —va preguntar l'Àlex—. No creus que va emigrar?

—No —va afirmar l'Olga rotundament—. S'ha quedat aquí, mort d'avorriment. És un déu mandrós. S'ha d'entretenir d'alguna manera. Tot jugant, jugant, va passant el temps.

—A quin joc creus que juga?

—Als daus, segurament —va respondre l'Olga.

—Com ho saps?

—Cinc daus per sis cares, trenta cares —va calcular ella, com si tornés a les seves estadístiques—. Trenta cares igual a trenta pisos. Cada tirada determina la manera com farà moure els cables de l'ascensor.

—És un déu ludòpata, doncs? Un déu viciós i ociós?

—Juga per matar l'estona —va respondre l'Olga—. Mentre espera que passi allò que es fa esperar tant.

—Un altre sacrifici?

Ella va limitar-se a sospirar profundament, i el vapor li va sortir de la boca com si expulsés un tros de la seva ànima.

—Vull tocar el dos —va dir l'Àlex, esgarrifat—. No tinc més ganes d'estar suspès entre dues boques que se'm volen empassar.

—Demanem l'altre ascensor —va proposar l'Olga—. A veure si respon.

Van fer mitja volta i va prémer el botó per fer baixar —o pujar— el segon ascensor.

—No funciona —va dir l'Olga.

—Es veia a venir, que no vindria —va murmurar l'Àlex—. No tindrem altre remei que tornar a agafar el primer.

—Ja no —va dir l'Olga.

El primer ascensor s'havia esfumat sense que se n'adonessin.

—No! —va exclamar l'Àlex donant un cop de puny al vidre gelat de la porta—. No! —Va obrir la mà adolorida i va començar a clavar el dit en el botó, com si fos l'ull invisible que semblava espiar tots els seus moviments.

No va servir de res: el primer ascensor també feia el sord.

—Estem atrapats a l'entreplanta de la mort —va dir l'Olga tètricament.

Van mirar al seu voltant: estaven atrapats en un passadís estret que unia tres pous negres situats darrere de tres portes fosques. La desaparició de l'ascensor els havia deixat enmig d'una claror fúnebre procedent de dos llums de seguretat collats al capdamunt de les portes metàl·liques.

—Hi deu haver una clau —va dir l'Àlex, desesperat—. Una clau que ens permeti trobar alguna sortida.

—Et refereixes a un codi secret per fer tornar els ascensors? —va preguntar l'Olga—. Com el que et transporta fins aquest lloc?

—Això mateix —va respondre l'Àlex.

—Ja l'he trobat —va dir l'Olga de sobte—. No és la clau, sinó una clau.

A la paret hi havia una caixa vermella que contenia una clau especial.

—Què és, això? —va preguntar l'Àlex.

—Juraria que serveix per obrir les portes dels ascensors —va contestar l'Olga—. «Trenqueu-ho en cas d'urgència» —va llegir—. És un cas d'urgència, el nostre?

—El nostre és un cas desesperat —va contestar l'Àlex. Va aixecar el puny i va descarregar-lo amb satisfacció contra la tapa de plàstic transparent.

L'Olga va despenjar la clau i va acostar-se a les portes dels ascensors.

—Quina vols obrir?

—Qualsevol —va contestar l'Àlex—. Totes dues, vulguis o no, ens portaran a mirar al fons de l'abisme.

L'Olga va obrir la del segon ascensor.

—I l'abisme ens tornarà la mirada… —va xiuxiuejar.

Un rectangle negre donava a un forat completament fosc. Tots dos s'hi van abocar amb molt de compte. L'Àlex va tenir la sensació que ficava el cap en un túnel de tren vertical, i que el tren podia passar en qualsevol moment i decapitar-lo. Va enretirar-se bruscament, atemorit.

—Si tinguéssim una llanterna… —va dir l'Olga.

—No sé si dir-t'ho… —va fer l'Àlex, dubitatiu.

—El què?

—Que en tinc una, de llanterna —va respondre ell traient-la de la butxaca—. Et juro que no me'n recordava.

—M'hauria estimat més que no te'n recordessis —va murmurar l'Olga—. Ara no tindrem altre remei que ficar-nos-hi.

L'Àlex li va donar la llanterna.

—Té —va dir—. Inspecciona el terreny.

L'Olga va fer llum cap a l'interior del pou i va treure de la seva foscor perpètua una sèrie de mecanismes inquietants: feixos de cables collats a la paret, tubs que s'allargaven en totes direccions, plaques que encaixaven amb altres plaques. Després, va enfocar cap avall i va posar al descobert una successió de portes que es repetien i s'anaven empetitint, com reflectides entre dos miralls.

Aleshores va tapar-se la boca i va fer un crit ofegat.

—Què passa? —va dir l'Àlex, tot alarmat.

—Mira això —va fer ella amb veu escanyada.

L'Àlex va dirigir la vista cap al fons del pou i va veure que hi havia una escampadissa d'objectes que llambrejaven i resplendien.

—No acabo de veure què són... —va dir insegur.

—La gent tira monedes a les fonts, no te'n recordes? —va murmurar l'Olga.

—Què? —va exclamar l'Àlex—. Vols dir que són joies?

—Anells, monedes, arracades, perles... —va enumerar l'Olga—. Hi ha de tot. Anells de compromís? Regals d'aniversari? De tot.

—No hi poden haver caigut per casualitat? —va preguntar l'Àlex.

L'Olga va girar-se cap a ell, va fer una ganyota i va negar amb el cap lentament.

—Ja —va admetre l'Àlex—. No sé per què se m'ha acudit.

—Deuen ser ofrenes dedicades a l'intrús —va xiuxiuejar l'Olga, fent córrer la llum sobre aquell tresor—. Els veïns li demanen desitjos i li fan ofrenes per guanyar-se la seva benevolència. S'ha fet des de temps immemorials. Deuen intuir la seva presència més del que em pensava.

—Vols dir que hi tenen fe?

—Al principi, potser —va contestar l'Olga—. Alguns desitjos es devien complir, però més endavant…

—Més endavant van adonar-se que no s'havien complert com Déu mana.

—Segurament —va dir l'Olga—. Els desitjos no tenen fi, ja ho sabem. Si les persones no s'entenen entre elles, com vols que s'entenguin amb els déus? Entre tots han transformat un déu protector en un déu ludòpata i capritxós.

L'Àlex no podia apartar els ulls de les joies acumulades al fons del pou. Tot d'una es va recordar dels «talismans» que s'havia endut i se'ls va treure de la butxaca: un déu Anubis de plàstic que va trobar en una capsa de cereals, un naip de pòquer —la dama de cors—, un soldadet de plom i els daus.

—Jo també li vull oferir alguna cosa —va dir. Va posarse a la mà els tres objectes—: Tria'n una.

L'Olga va agafar el déu egipci que representava un home amb cap de xacal.

—Un déu de joguina per a un déu jugador —va dir.

I va tirar-lo al pou.

Tot seguit, amb molta cautela, va dirigir pou amunt el raig de llanterna.

—Bones notícies —va dir amb la veu rogallosa—. Sis pisos més i serem a l'àtic.

—Quina sort —va fer ell—. Em moro de ganes de ficar-me a la boca del déu.

11

Quan era petita i més valenta, l'Olga havia escalat per dins la xemeneia d'una fàbrica. Era un cilindre de maons que s'alçava solitari al mig d'un camp, com si hagués brotat de terra o caigut del cel; un objecte tan xocant i incongruent que demanava a crits que l'exploressin. Mentre s'enfilava tota sola dins la penombra, agafant-se fort als graons de ferro encastats a la paret, no apartava la vista de l'«ull» que s'obria al capdamunt, a una distància que semblava infinita. El vent li udolava a les orelles, i ella se sentia minúscula dins d'aquell abisme capgirat, se sentia insubstancial com el fum que s'hi escolava quan la fàbrica encara existia. I com més s'acostava a l'«ull», més insignificant se sentia, com si aquell forat blau fos la pupil·la fixa d'un déu indiferent, a qui era ben igual que pugés o que baixés, que arribés a dalt o que caigués daltabaix.

Una sotragada de pànic l'havia impulsat a girar cua i a desfer el camí a corre-cuita.

En aquell moment havia pressentit per primer cop la seva pròpia mortalitat.

Se'n va recordar de sobte, mentre ella i l'Àlex començaven a escalar el pou de l'ascensor. El record li va provocar el mateix vertigen que aquell dia, la mateixa sensació de ser mortal. Ella i l'Àlex s'acabaven d'introduir com si res en el pou d'un ascensor habitat per un ésser inexplicable, i, amb tota la naturalitat del món, estaven pujant per una escaleta rovellada que es podia desprendre en qualsevol moment.

O que podia desprendre *ell* en qualsevol moment.

Sense comptar la possibilitat que l'ascensor, dirigit també per *ell*, comencés a baixar com una premsa mòbil que els reduiria a dues dimensions en un tres i no res.

És per això que havien deixat oberta, per seguretat, la porta per on s'havien esmunyit dins el pou.

No gosaven dir ni piu. Tots dos tenien el cor oprimit. La frase no havia estat mai més encertada, ja que el notaven bategar sordament entre els dits closos amb què s'aferraven a les baranes. No gosaven badar boca: no volien malgastar una sola glopada de l'alè incomprensible que els empenyia pou amunt.

L'ascensió tenia lloc en càmera lenta, amb la parsimònia anguniosa que comuniquen els músculs encongits de por a tots els membres del cos. L'Olga tenia pànic d'agafar rampa, de quedar engarrotada com una prolongació de l'escala i de precipitar-se pou avall i arrossegar l'Àlex amb ella. Tots dos, s'ho imaginava perfectament, quedarien estesos sobre les joies, tenyides definitivament amb la sang d'aquell pròxim sacrifici sobre el qual especulaven una estona abans.

No havia de pensar-hi. Havia de fixar la mirada en els rectangles grisos de les portes dels replans, que des d'aquella perspectiva semblaven pintades a la paret.

Van anar recorrent en silenci el trajecte vertical, pis rere pis. Tota l'estona sentien el grinyol de l'escala i altres sorolls més difícils de descriure: cruixits, espetecs esporàdics, vibracions estranyes... Com si un gegant endormiscat estirés la seva xarxa immensa de músculs i tendons per treure's la mandra de sobre i entrar en acció.

Per fi van arribar. Tenien les mans rígides i glaçades, però estaven sans i estalvis.

L'ascensor estava parat justament al trentè pis. L'Olga va enfocar-lo amb la llanterna: no hi havia ningú arrapat a sota, ningú comparable al que va saltar-hi al damunt i va espantar els bessons del catorzè pis.

—Mira'l —va dir—. Quants passos ens hauríem estalviat...

—Tots els viacrucis s'han de fer a peu —va murmurar l'Àlex.

—Només cal que obrim la porta i sortim a l'últim replà.

—N'estàs segura?

—De què?

—Com podem saber que no hi ha més d'una entreplanta? —va fer l'Àlex, neguitós.

—Jo també estic espantada, Àlex —va confessar l'Olga.

—Obre la porta i ho sabrem —va dir l'Àlex, dissimulant la tremolor de la veu.

Ella va il·luminar el pany de la porta, va encaixar-hi la clau i va girar-la.

Tot seguit hi va donar una empenta amb tota la força de la seva mà lliure.

El batent es va separar del marc amb un grinyol que semblava d'espant, com si l'haguessin agafat desprevingut.

A l'altra banda no els esperava cap persona ni, sortosament, cap altra cosa que no ho fos. Tot just s'hi estenia un replà normal i ben il·luminat.

Hi van sortir, van deixar enrere el pou i van afanyar-se a tancar la porta amb pany i clau. Un cop van quedar convençuts de la solidesa del terra, del sostre i les parets, van mirar al seu voltant, enlluernats.

L'Olga va sospirar alleugerida.

—No hi ha ni una ànima —va dir.

—Ara n'hi ha dues —va fer l'Àlex.

—Nosaltres som ben vius —va replicar ella—. Espero que tota la vida.

Van seure en un graó per descansar. A mesura que els seus músculs es distenien i el seu organisme es desaccelerava, el fred s'anava apoderant de tots dos. Era molt més intens que el que feia als pisos inferiors, com si haguessin arribat al cim d'una muntanya nevada. I encara nevava fort, com van poder veure a través de la lluerna.

—Tot el que ens ha passat fins ara... —va murmurar l'Àlex—. Em costa de creure.

—I a mi.

—Hem estat a l'entreplanta? Hem trobat aquells veïns?

—Ho recordo tot —va contestar ella.

—No ho hem somiat? O al·lucinat? —va insistir l'Àlex.

—Pot ser —va admetre l'Olga—. No seria el primer cas de *folie à deux*.

—Bogeria doble? —va traduir l'Àlex.

—Bogeria a mitges —va traduir ella—. Dues persones que comparteixen les mateixes al·lucinacions.

—S'han d'entendre molt bé, per embogir a mitges.

—Com nosaltres, ja t'ho vaig dir —li va recordar l'Olga—. Per això hem arribat tan lluny.

Van estar callats una estona. Hi havia un silenci espès com la neu que cobria carrers i teulades.

—No sé si l'intrús és una al·lucinació doble, o triple, o múltiple —va dir l'Olga al final—. Potser és un malson col·lectiu de tots els veïns. Ni idea. L'únic que tinc clar és que existeix d'una manera o altra.

L'Àlex va quedar tot pensatiu, sense badar boca.

—Jo també —va dir al final.

—No sé pas què farem, ara, perquè no hem pensat ni decidit res —va afegir l'Olga—. Però em sembla que ha arribat l'hora de la veritat.

—*Foi à deux* —va dir l'Àlex—: Hem de tenir fe l'un en l'altre. És l'únic que poden fer dues persones que han embogit juntes.

12

El terrat era un bosc de paraigües.

Hi eren tots: l'home del segon pis, les germanes del tercer, la nena de les sabatilles en forma de tauró, els vells que ballaven, el noi que no podia parar de riure. L'únic que no van reconèixer va ser el cec, perquè no l'havien vist, però van sentir clarament la presència dels seus ulls.

També hi havia els pares de l'Àlex i els avis de l'Olga. Tots duien paraigües esblanqueïts per la neu acumulada: semblaven una col·lecció d'estàtues de significat enigmàtic. Hi havia moltes més persones, el terrat n'era ple, totes parades sota els paraigües nevats, sota la neu que no parava de caure. L'Àlex va pensar que també hi devien ser els que semblava que no hi fossin, els espies que miraven pels espiells; en va percebre les mirades esquives però escrutadores, amagades sota el sostre dels paraigües.

Ningú no hauria entès què representava aquella multitud petrificada, suportant en silenci la neu d'una matinada d'hivern.

No feien altra cosa que observar l'Àlex i l'Olga amb expressions fosques i indesxifrables. Ningú no obria la boca ni feia preguntes; ningú no els adreçava la paraula ni els cridava: ni tan sols els pares d'ell o els avis d'ella.

Era com si esperessin alguna cosa que es feia esperar.

L'Àlex i l'Olga van passar pel seu davant, aclaparats per la buidor famèlica de les seves mirades, horroritzats per la indiferència dels seus parents.

—*Folie à deux* —va murmurar l'Olga amb un fil de veu—. No pot ser una altra cosa.

La multitud els va seguir amb la vista mentre es dirigien cap a la sala de màquines. Les seves petjades quedaven impreses a la neu intacta i s'esborraven de seguida, com si haguessin de passar per aquell moment sense deixar empremtes.

La sala de màquines de l'ascensor era una construcció de ciment armat, semblant a un búnquer, encastada —o més aviat enquistada, com el seu presumpte habitant—, en un racó del terrat.

La neu n'havia cobert la teulada grisa i en feia ressaltar amenaçadorament la porta de ferro, que semblava aïllada i solitària al mig de la nit.

L'Olga va fer un esforç per mirar endavant, defugint la força magnètica dels ulls de la multitud.

—Hi ha la clau —va observar—. No caldrà ni que truquem.

Va despenjar-la de la seva capsa («PERILL. NOMÉS PERSONAL AUTORITZAT») i va quedar-se mirant-la amb els ulls fixos.

—Què et passa? —va xiuxiuejar l'Àlex.

Ella va mossegar-se el llavi i va moure el cap.

—No puc —va fer—. No puc obrir aquesta porta.

Continuava movent el cap, tota rígida, fins que l'Àlex va adonar-se que era una tremolor que la sacsejava de dalt a baix.

—Calma't, Olga —li va dir, impressionat per aquella sobtada pèrdua d'aplom—. Ja l'obriré jo.

Ella va fer un sospir brusc i tremolós: una glopada de vapor que es va perdre entre la neu, com un altre bocí de la seva ànima. L'últim que li quedava, potser.

—No entenc què espera tota aquesta gent —va murmurar.

—Són els que demanen desitjos, Olga —va dir l'Àlex—. Tu també hi podries ser.

Ella es va girar a poc a poc i el va mirar. Tenia els ulls plorosos.

—És veritat —va admetre—. Jo també sóc una d'ells.

—En alguna cosa hem de creure, oi?

—Ja ho has dit abans, això.

—Ja crec en els déus protectors, jo —va dir l'Àlex—. Ho has endevinat abans. Aquesta nit he acabat creient en alguna cosa.

L'Olga va agafar-lo pel braç.

—No puc entrar a la sala de màquines —va dir amb una veu carregada d'angoixa—. Em fa massa por.

—T'ha agafat de sobte, aquesta por? —va preguntar l'Àlex—. T'ha agafat en veure tota aquesta gent?

Ella va fer que no amb el cap, i després que sí, com si la dominessin impulsos contradictoris.

—Sí i no —va contestar—. Sempre m'han fet por, les màquines, i les que estan amagades encara més. Són les que ho fan moure tot, unes màquines secretes que només poden veure i entendre determinades persones. És com si no ens estigués permès, a nosaltres, de mirar-les. M'entens?

—Són màquines i prou —va respondre l'Àlex.

—No ho crec —va murmurar ella amb la veu tremolosa—. Aquesta gent se n'ha adonat. Per això són aquí, perquè saben que aquesta nit les màquines funcionaran d'una altra manera.

—I tu? —va preguntar l'Àlex—. També t'ho creus?

Ella va fer que sí amb el cap, mossegant-se el llavi.

—Per això no vols entrar a la sala de màquines?

—Per això —va admetre ella—. Em sento com el veí que hem trobat abans: en aquest moment voldria ser cega, per no haver de veure el que passarà a l'altre costat d'aquesta porta.

L'Àlex va tocar-li la mà amb què li estrenyia el braç tota l'estona.

—No ho has de veure pas, Olga —va dir—. Hi entraré tot sol, si vols. Hi donaré un cop d'ull i tornaré a sortir.

—Estàs segur que tornaràs a sortir?

—Ens hem escapat de l'entreplanta, no te'n recordes?

—Però allà no hi era, l'intrús.

—I aquí dalt tampoc, Olga —va dir ell, tranquil·litzador—. Ja ho veuràs. Tu mateixa has dit que l'hem creada nosaltres, la llegenda. Aquesta gent ha vingut empesa pels rumors. Potser van morir dos nois, cinquanta anys enrere, però això passa a tot arreu, cada dos per tres.

—Sis per cinc, trenta —va murmurar ella—. Te'n recordes? Sempre toca a algú. Quan les màquines s'engeguen, els daus comencen a girar.

L'Àlex va mirar-la i va arronsar el front, com si comencés a perdre la paciència.

—Dóna'm la clau, Olga —va dir—. Vull entrar-hi de seguida i acabar d'una vegada.

—I tu? —va fer ella de sobte—. Hi deixaries algun desig, a la bústia?

—Per què m'ho preguntes?

—Sisplau —hi va insistir—: quin és el teu desig més profund?

—En tinc molts, de desitjos —va admetre.

—Però el més sincer i profund?

Ell va tocar-se la cara amb les puntes dels dits, com si volgués reviure alguna carícia remota.

—Els meus pares —va murmurar—. Que tornessin a estar bé.

—Prova-ho —va dir ella—. No hi perdràs res.

—Vols que ho escrigui en un paperet i ho posi a la bústia?

—No hi perdràs res —va repetir ella.

L'Àlex va respirar fondo.

—Entesos —va dir—. Quan surti baixarem fins al vestíbul i ho faré. D'acord?

Ella va negar amb el cap.

—No entris a la sala de màquines, Àlex —va dir amb els ulls lluents.

Ell va mirar-la desconcertat.

—A mi no em fan por, les màquines.

—Per això.

—Què vols dir?

—Que no t'adonaràs de res fins que no sigui massa tard —va respondre ella tètricament.

—Ara ja em començo a espantar.

—És el que vull, espantar-te.

—Dóna'm la clau, Olga —va insistir l'Àlex—. No fem esperar més aquesta gent. Recorda que hi ha dos vells i una nena.

L'Olga va posar-se a plorar desconsoladament.

—Olga! —va exclamar ell, trasbalsat—. Què tens? Què et passa?

—És que no et podré aturar —va dir ella entre sanglots—. Les màquines ja s'han posat en marxa, i ara hi voldràs entrar tant sí com no. No t'ho podré impedir, per més que t'ho supliqui.

—Olga, Olga, Olga... —va murmurar ell amb tendresa, passant-li el braç per l'espatlla—. Serà un moment... Dos minuts... Tornaré de seguida...

—Ho veus? —va dir ella, traient-se les ulleres i eixugant-se els ulls amb els dits—. Ja no et pots fer enrere. Ja és massa tard.

Va continuar plorant en silenci, amb el cap baix i les ulleres entre les mans.

L'Àlex no sabia què fer, però alguna cosa li deia que tenia raó: l'impuls d'entrar a la sala de màquines s'estava tornant irreprimible. Sentia obscurament que era l'únic desenllaç possible, l'única manera de posar fi a aquella situació que es desbordava per moments com les llàgrimes de l'Olga.

Va agafar-li la clau de les mans. Ella no va fer res per impedir-ho, com si s'hagués donat per vençuda.

—Espera't aquí, Olga —va dir—. No trigaré gens. Et demano que no ploris més per mi, sisplau...

Ella va aixecar el cap i va mirar-lo amb els ulls negats de llàgrimes.

—És que també ploro pels meus pares —va dir amb la veu ronca i humida—. Ploro perquè els vaig perdre, i ploro perquè et perdré a tu. Les coses no poden ser mai com desitjaries que fossin. Sempre has de renunciar a alguna cosa, sempre has de fer un sacrifici.

L'Àlex va agafar-la per un braç amb suavitat i va passar-li la mà pels cabells.

—Olga? —va dir—. Jo no em faré desitjar. Tornaré de seguida.

Va encaixar la clau al pany de la sala de màquines, va girar-la i en va obrir la porta.

13

Quan l'Àlex va encendre el llum de la sala de màquines, l'Olga va mirar endins per un instant —un rampell de curiositat morbosa—, i de seguida va penedir-se d'haver-ho fet.

El que va veure ja ho coneixia: ho veia sovint en els seus pitjors malsons.

A l'interior d'aquell claustre de ciment s'alçaven dues rodes vermelles que sobrepassaven en dos metres l'Àlex. No estaven quietes, sinó que giraven sense parar: ella ja sabia que les màquines treballaven feia estona. Giraven lentament amb un estrèpit sord, que sonava com el batec que turmenta el cervell durant un atac de migranya. Aquelles dues rodes monstruoses tenien un esquelet titànic format per radis triangulars, per on s'escorria un greix lluent i fumejant. Aquest greix regalimava d'uns feixos immensos de cables d'acer, enrotllats al cos de les rodes, i fumejava, quasi bullint, a causa de la terrible fricció a què estava sotmès. L'Olga en va sentir la pudor immunda, una barreja de rovell i peix podrit, i va estar a punt de vomitar.

Les rodes s'enfonsaven en trinxeres i deixaven anar els cables pous avall, entre gemecs eixordadors. Estaven muntades en suports rovellats, on s'arrapaven cargols negres i descomunals com una fauna paràsita. Els suports tremolaven i cruixien sota la tortura discontínua però constant de l'eix que els travessava de banda a banda.

Els ulls de l'Olga van quedar atrapats en els radis de les rodes, i per un moment al·lucinant li va semblar que la seva mirada es partia a trossos com si tingués cos.

Va ser aleshores que va aclucar els ulls, però les màquines terribles ja s'havien gravat a les seves retines. Allà van seguir girant amb precisió fotogràfica, inesborrables, cada cop a més velocitat, i entre els radis va començar a aparèixer el veritable rostre que s'hi amagava.

Era el rostre de la presència voraç i desesperada que havia intuït el veí cec a l'entreplanta. Era el rostre corrupte del déu protector consumit per l'avorriment. Les seves faccions terribles i perilloses es dibuixaven cada vegada més nítides a la ment de l'Olga. Els cables d'acer es tornaven de carn i es bifurcaven en milers de direccions, entrant i sortint dels ulls de l'intrús transmutats en daus, i els ulls dels daus es convertien en més ulls, en ulls infinits que ho veien tot, en milers d'espiells que espiaven, i els cables es trenaven en l'aire i feien nusos en el buit, mirant d'atrapar allò que es feia esperar tant, però que estava a punt d'arribar.

L'Olga no podia aclucar els seus ulls interiors: com que havia vist el que no volia mirar, estava condemnada a contemplar-ho fins al darrer moment.

El moment de la revelació.

A la roda transformada en cara monstruosa s'hi va superposar l'altra, que giravoltava en sentit contrari. Els radis van agafar l'aparença de dents monstruoses, encaixades entre dos llavis separats, que es torçaven amunt formant un somriure, i aquest donava pas a una riallada convulsiva.

L'Olga no en va tenir cap dubte: no era una riallada incomprensible com la del noi de la cadira de rodes, tot i que tenia el seu origen en el mateix pou fosc on naixia la bogeria i morien els sacrificats.

Era la riallada exultant dels qui veuen satisfets els desitjos que s'han fet esperar llargament.

Quan ho va comprendre, va girar-se bruscament d'esquena a la porta de la sala de màquines. Es tapava els ulls, se'ls premia amb els punys closos, com si volgués ofegar aquella visió terrible.

Darrere seu no sentia altra cosa que el brogit sord de la maquinària, que també es començava a confondre amb l'esclafit d'un riure llunyà.

Va destapar-se els ulls per tapar-se les orelles, i aleshores va poder veure que la gentada se li havia acostat.

L'observaven a través de la neu que seguia caient, però la seva mirada col·lectiva havia canviat: encara era ansiosa i famèlica, però reflectia una certa expectació, una vaga esperança. Tenia un aire subtilment interrogatiu.

Ella va eixugar-se els ulls i va posar-se les ulleres amb les mans tremoloses. Els vidres estaven entelats i plens de ditades, de manera que veia la gent una mica borrosa, com un miratge que no s'acaba de concretar.

No obstant això, va veure clarament que avançaven cap a ella. Tenien la cara mig coberta sota els paraigües inclinats, com si es disposessin a fer alguna cosa de la qual s'avergonyien.

Entre la nevada i la foscor, i la gent que l'anava envoltant com si l'acorralessin, no va poder formar-se una idea clara del que estava passant. Li va fer l'efecte, d'una manera confusa, que algú tancava la porta de la sala de màquines, primer de cop i després amb clau. En aquell moment li rodava el cap, i estava marejada, i els sorolls es barrejaven amb les veus, i les rialles, amb els plors —d'ella o algú altre—. No sabia del cert si l'Àlex havia sortit o no de dins. Li fallaven les cames i estava perdent el món de vista.

Va desplomar-se en rodó sobre un coixí de neu, sobre una filera de petjades que s'interrompia davant de la porta tancada i que la seva caiguda va acabar d'esborrar definitivament.

Com si no haguessin existit mai.

Quan va obrir els ulls ja no nevava. El cel s'havia aclarit i feia una lluna blanquíssima, com si també estigués coberta de neu. Algú li havia cordat l'anorac i li havia posat la caputxa. Estava estirada sota un gran paraigua negre, en un racó del terrat. Tenia esgarrifances i li feia mal tot el cos, com si en lloc de caure sobre tou hagués caigut sobre ciment.

Hi havia un silenci absolut, i el terrat semblava desert. No quedava ni una petjada de la multitud: el terra era una catifa blanca i llisa, completament verge. Hom diria que la neu havia esborrat totes les empremtes, com si aquella gentada no hagués existit mai.

Aviat va adonar-se que no estava sola. A la seva esquerra, una mica més enllà, ballaven en silenci dues parelles. Havien improvisat una pista de ball fent una clariana a la neu. Va veure que cada parella estava unida per un fil.

Eren els vells que havien perdut els seus fills, cinquanta anys enrere, que ballaven a la claror de la lluna.

Es va aixecar amb penes i treballs, però estaven tan distrets i concentrats en la música que no se'n van adonar.

Va anar fent tentines —marejada i amb les cames febles— cap a la sala de màquines. Va trobar la porta tancada. La clau no era al seu lloc.

—Àlex? —va cridar, picant a la porta. Tenia la gola resseca i adolorida.

La trucada es va perdre en l'espessor de la planxa.

Va escurar-se la gola.

—Àlex? —va repetir. A l'altra banda se sentia un brunzit, una mena de batec remot, però també podia venir de l'interior del seu cos.

No es va veure amb cor de cridar ni trucar més. Estava massa feble i desmoralitzada.

Va començar a parlar sola. Es pensava que ho feia en veu alta, però en realitat parlava dintre seu, una mena de monòleg interior desconsolat i febril.

Ja t'he avisat Àlex mira que t'he avisat i ara t'he perdut i tot és culpa meva no hauríem d'haver fet mai l'expedició mai vas dir que un dia es trencaria el filet que unia els teus pares i ara s'ha trencat el nostre no ho havies de fer Àlex no ho havíem de fer...

Va anar relliscant per aquella porta infranquejable i al final va caure de genolls sobre la neu.

Va notar que dues persones l'agafaven pels braços amb molta suavitat i la posaven dreta.

—Ara et portarem cap a casa, pobreta —va dir una veu de dona—. T'hem trobat sense coneixement, i hem preferit esperar que revinguessis. Ballàvem per enganyar el temps i la son.

—No pateixis, maca, que nosaltres et cuidarem —va fer una veu d'home—. Vius al divuitè pis, oi?

Ella va fer que sí amb el cap.

—Coneixem els teus avis —va dir la dona—. De vegades hem ballat junts.

L'Olga va deixar que la duguessin fins a la porta del terrat. Allà s'hi va afegir l'altra parella, i entre tots quatre van acompanyar-la per les escales amb molt de compte.

Podien haver agafat l'ascensor, però van baixar a peu. Potser era oberta, encara, la porta per on s'havien introduït al pou.

—Saben res de l'Àlex? —els va preguntar pel camí.

—L'Àlex? —va dir una de les dones—. No conec cap Àlex.

Els altres tampoc no el coneixien.

—Qui és l'Àlex, maca?

Ella va moure el cap. No tenia esma ni de parlar.

—Si la vida t'ensenya alguna cosa —va dir un dels homes—, és que cal acostumar-se cada vegada més a la pèrdua de les persones que ens importen.

—Però si la mort també te n'ensenya alguna —va afegir la seva dona—, és que cal confiar en la possibilitat, per remota que sigui, de retrobar-les algun dia.

14

L'Olga no havia tingut mai una febre tan estranya.

Estava estirada al llit, però no recordava com hi havia anat a parar. S'adonava que havia tornat a agafar la grip, però era incapaç d'establir una continuïtat entre la primera recuperació i la recaiguda, com si tot el que havia viscut entremig no hagués passat mai.

Era la mateixa sensació que havia tingut al terrat, en veure la neu llisa i sense petjades: el pressentiment que aquella gentada no s'hi havia reunit mai. No obstant això, no tenia cap dubte que al terrat hi havia anat a parar d'una manera o altra, i que les quatre persones que l'havien trobada formaven part d'aquella multitud aparentment imaginària.

La febre li impedia d'agafar el son, però en lloc d'enterbolir-li el cap, li provocava una estranya claredat mental. S'imaginava els veïns dormint en llits i habitacions estretes, en pisos esquemàtics com dibuixos infantils. Casats i amb fills la majoria, semblava que juguessin a les famílies en casetes de nines. Els uns ensopegaven amb els altres, les discussions ressonaven per l'ull de l'escala, i les relacions morien asfixiades per la claustrofòbia.

Lluny d'aquell edifici també dormia el seu constructor, pensava l'Olga. Aquella nit no tenia somnis daurats, com seria normal, ni somiava que es complien els seus desitjos, perquè ja no li'n quedava cap de pendent. Aquella nit, per motius inexplicables, se li havia despertat un antic malson que ja creia mort i enterrat.

Era justament un malson sobre morts i enterrats, sobre pactes inconfessables amb éssers indescriptibles. Era el malson en què es fonamentava la seva fortuna amassada a còpia de sacrificis.

Aquesta reflexió al voltant dels malsons va fer-la entrar al terreny dels somnis. Va imaginar-se que tots els veïns somiaven que es despertarien i veurien complir-se els seus desitjos, com les criatures que de bon matí troben els regals dels Reis al menjador.

Què feien, si no, reunits al terrat? No esperaven que tingués lloc un sacrifici? No intuïen obscurament la presència d'un déu que podria concedir-los tots els desitjos? No sospitaven que ja s'havia produït un primer sacrifici, d'allò més net i casual, i esperaven ansiosament el segon, però sense voler embrutar-se les mans, com simples espectadors passius?

Ella havia estat la intermediària entre els veïns i el déu protector.

Ella havia empès l'Àlex al sacrifici.

Se'n va adonar de sobte, amb una lucidesa brutal que li va regirar l'estómac i li va encongir el cor.

No ho havia fet expressament, és clar. S'havia limitat a seguir una sèrie d'intuïcions que l'havien dut a conèixer l'Àlex i a emprendre amb ell l'expedició fins a la sala de màquines.

Ella tampoc no s'havia embrutat les mans amb el greix de la maquinària. En aquell moment, però, veia amb absoluta claredat que les màquines havien estat en marxa des del primer moment.

Una dona obria els ulls i veia que el seu marit, que l'havia abandonat feia anys, tornava a dormir al seu costat. A la tauleta de nit hi havia el paquet de tabac, encara per encetar, que havia servit d'excusa per fugir de casa. No solament havia tornat, sinó que havia deixat de fumar.

Desitjos complerts, pregàries ateses.

A un home que jugava a la loteria des de feia segles el despertava una veu radiofònica que cridava el seu nom: era l'únic que havia encertat la combinació guanyadora. Una suma astronòmica que per fi li permetria de construir en terra els castells que sempre havia fet en l'aire.

Desitjos complerts, pregàries ateses.

Els cecs recuperaven la vista, les parelles es reconciliaven, els fills malalts es curaven, els equips de futbol guanyaven les lligues, els pares i els fills es tornaven a entendre...

Desitjos complerts, pregàries ateses.

Però l'Olga plorava en silenci, amargament, tapada fins al cap de vergonya, com es tapaven els veïns amb els paraigües.

Quants desitjos es complirien gràcies a la seva traïció? Tots? Uns quants? Només un?

No s'hi podia confiar gaire, en un déu jugador i mandrós com aquell. Potser compliria el contracte, però aplicant la llei del mínim esforç: un sacrifici, un desig.

L'Olga vessava les llàgrimes més amargues de la seva vida.

No parava de reviure mentalment la mateixa escena: l'Àlex s'acomiadava d'ella amb un somriure i li deia que no es faria desitjar. Tot seguit, entrava a la sala de màquines. Era aleshores, en aquell precís moment, que ella li donava l'esquena en els dos sentits de la frase. I en girar-se d'esquena a ell veia les cares dels veïns, i ja entenia la seva expressió ansiosa i famèlica, la seva expectació, aquell aire subtilment interrogatiu.

«Ja està?», preguntaven les seves mirades. «Ens haurem d'esperar gaire?»

Turmentada pels remordiments i la febre, però esgotada de tant plorar, l'Olga va anar caient en un son que aviat va transformar-se en inconsciència.

Era un son sense somnis, fosc i profund com el pou de l'ascensor.

Aleshores, cap a la matinada, va sentir que un dels ascensors baixava de dalt de tot i s'aturava a la seva planta.

El soroll s'havia infiltrat en el seu son i l'havia despertat de sobte.

Va incorporar-se al llit i va escoltar amb atenció.

Les orelles li feien zub-zub, tenia la boca seca, la cara congestionada i els ulls li cremaven.

Però en aquell moment va oblidar-se del seu malestar i va escoltar amb els cinc sentits.

Va sentir obrir-se la porta de l'ascensor i, després, la de casa. Va sentir que entraven dues persones que reien en veu baixa. Va sentir que deixaven a terra dos objectes durs i pesants. Al cap d'un moment li van arribar veus esmorteïdes, exclamacions sufocades, més rialles sordes. Li va semblar que els seus avis parlaven amb algú. El cap se li va omplir d'hipòtesis. Va imaginar-se que podien ser els amics aquells, les dues parelles que l'havien trobada al terrat. Però no podia ser, ja que les veus no coincidien. Després va pensar que eren els pares de l'Àlex, que començaven a buscar el seu fill desaparegut i feien preguntes als veïns. Però ells no riurien, és clar. I encara menys en aquell to una mica begut. Les hipòtesis es multiplicaven, esperonades per la febre i el neguit. I si eren el constructor i una acompanyant —perquè se sentia una veu de dona—, que s'havien arribat a casa seva per *interrogar-la* sobre certes qüestions? No. No. No era possible. Com tampoc no era possible que fossin alguns dels veïns que havia conegut durant l'expedició, que anaven a preguntar-li quan es complirien els seus desitjos.

No. No podia ser.

Les veus s'anaven asserenant, esdevenien serioses. Al final van callar completament i va formar-se un silenci espès. L'Olga només sentia el zub-zub de les orelles i el tictac del rellotge de la tauleta de nit.

Aleshores va sentir passos que es dirigien cap a la seva habitació.

Els nervis i la por van atacar-la de sobte, i es va tapar fins al cap.

Va semblar que trigaven una eternitat, els passos, com si obeïssin les mateixes lleis que alentien la velocitat de l'ascensor.

Però com que tot s'acaba, tard o d'hora, al final van arribar a la seva porta, i l'Olga va sentir com s'obria.

Després li va arribar un xiu-xiu gairebé inaudible, apagat encara més pel bramul de la sang a les orelles.

L'Olga no gosava treure's la manta del cap i mirar qui eren les dues persones que acabaven d'entrar a la seva habitació.

La dominava una barreja de pànic i vergonya.

Va imaginar-se que la llum travessaria la manta en qualsevol moment, i aleshores no tindria altre remei que destapar-se i ensenyar-los la cara.

I aleshores veuria la seva.

L'habitació, però, va romandre a les fosques.

Ells encara hi eren —l'Olga els continuava sentint—, i continuaven parlant en xiu-xius.

Un dels dos s'hi va acostar —feia pudor de vi— i va tocar-li l'esquena amb molta suavitat.

Va tenir la sensació que la mà s'hi estava una eternitat, a la seva esquena. Tot semblava eternitzar-se, aquella nit. Li va fer l'efecte que aquella mà ja no s'apartaria mai més, i que l'escena restaria immutable, com esculpida en el temps.

Però com que tot s'acaba, tard o d'hora, al final va sentir una veu de dona que deia el seu nom:

—Olga?

Li sonava molt, aquella veu, però li calia tornar-la a sentir per assegurar-se'n.

La dona va repetir el seu nom, com si li hagués llegit els pensaments:

—Olga?

—*Mare*?

Va creure que l'havia dit, aquella paraula. En realitat només l'havia pensat. Les seves cordes vocals no estaven en condicions per pronunciar paraules com aquella. Abans havia de convèncer la seva ment que tenien sentit.

La veu va cridar-la per tercera vegada:

—Olga? —I va afegir—: Que estàs desperta?

Ella va destapar-se, molt a poc a poc. Els seus músculs també es resistien a col·laborar

«No crec en fantasmes», s'anava repetint. «No crec en fantasmes.»

L'habitació estava en penombra, però al seu davant hi havia els seus pares. Anaven vestits exactament igual que el dia de l'accident, com si no haguessin marxat mai o haguessin tornat una estona més tard.

Feia gairebé un any, d'aquell accident.

—Els avis diuen que t'ha pujat la febre —va murmurar aquella dona idèntica a la seva mare—. Com et trobes?

L'Olga va llepar-se els llavis. L'escena també semblava congelada: la mare inclinada davant d'ella i el pare dret en segon terme. No li sortien les paraules, però va esforçar-se per fer-los una pregunta crucial:

—Què us ha passat?

La sabia perfectament, la resposta: tots dos havien mort en un accident d'aviació. Però no era pas allò el que volia sentir, i li constava que no era allò el que sentiria.

El seu pare, en segon terme, va fer una rialleta ofegada.

—No t'ho creuràs —va contestar amb la veu farfallosa.

—Ens hem quedat tancats a l'ascensor —va respondre la mare, tapant-se la boca amb cara d'avergonyida. L'Olga va tornar a sentir un baf de vi.

—Què? —va exclamar.

—Tal com ho sents —va dir la mare.

—Hem perdut l'avió —va afegir el pare, rient per sota el nas.

—Hem estat quatre hores atrapats al trentè pis —va continuar la mare—. El timbre d'alarma no sonava.

—Aquest ascensor sempre fa coses rares —va intervenir el pare—. Però aquesta se n'emporta la palma. Després s'ha tornat a posar en marxa com si res, ha fet el camí a la inversa i ens ha tornat a deixar a casa.

—Ens hem posat a bramar com bojos i no ens ha sentit ningú.

—Com si estiguéssim en una cabina insonoritzada.

—Tampoc no ens ho hem passat tan malament —va dir la mare—. Ha estat una bona aventura.

—Hi estàvem una mica estrets, però encara hi hem pogut muntar una festassa.

—Hem fet uns quants traguets, com pots comprovar —va reconèixer la mare.

—Els nostres amics anglesos s'han quedat sense vi —va dir el pare.

—I sense nosaltres —va afegir la mare—. Demà els faré un truc. De segur que es petaran de riure.

—I mira que tinc claustrofòbia a l'avió —va admetre el pare—. Si arribo a saber que em quedaria atrapat en un ascensor...

—Però si hem aconseguit ballar-hi i tot! —va dir rient la mare.

L'Olga gairebé no els sentia. Estava amarada de suor, les galtes li bullien i el bramul de la sang començava a assemblar-se, una mica massa, a una rialla. No podia fer altra cosa que mirar-los amb els ulls fixos i bullents.

Fins que es va veure amb cor de pronunciar una frase crucial:

—Vosaltres sou morts —va dir amb una veu que no semblava seva.

Ells van callar en sec.

—Què? —va exclamar la mare.

L'Olga va limitar-se a moure el cap. La sang rugia al seu interior com les onades en batre contra les roques.

La mare es va asseure al llit i va tocar-li el front.

—Tens molta febre —va dir alarmada—. Estàs bullint.

El pare es va avançar i també va posar-li la mà al front. Tots dos la tenien glaçada.

—És veritat —va admetre—. No m'estranya que tinguis idees delirants.

L'Olga anava a explicar-los com havien mort, i quan, però va mossegar-se la llengua. Alguna cosa li deia que tot just serviria per espantar-los encara més, que seria tan inútil com posar-se a fullejar diaris tot buscant notícies de l'«accident», o arribar-se al cementiri per trobar les tombes on estaven «enterrats».

Els seus pares havien tornat a casa, i l'Àlex se n'havia anat. La vida es reduïa a una sèrie de dilemes, renúncies i sacrificis. Sobretot sacrificis.

15

La col·lecció de «vides paral·leles» de l'Olga s'havia enriquit amb una veritable joia: la història del retorn dels seus pares. No sabia ben bé d'on havien tornat, ni si havien marxat mai del tot, però no cal dir que ho va guardar en secret. Eren coses que només podies explicar a persones de confiança, sobretot si estaven una mica boges.

Els avis se'n van anar —s'havien quedat per cuidar-la mentre els seus pares eren de viatge—, i l'Olga va haver de fer llit una setmana sencera. Finalment, entre la febre i la confusió mental, no va arribar a sondejar-los per esbrinar què opinaven de la reunió de veïns al terrat i el seu posterior desmai. No obstant això, tenia el pressentiment que ho negarien tot i ho atribuirien a un deliri provocat per la febre.

Un cop recuperada gairebé del tot, l'Olga va haver de treure forces de flaquesa per fer els passos que van dur-la fins al vintè pis —no va agafar l'ascensor— i trucar al timbre.

Li constava que la seva esperança no era altra cosa que un simple desig.

Una dona va obrir la porta. Com que no havia vist mai els pares de l'Àlex, no sabia si era o no la seva mare.

Era una dona estranya. Tenia una cara rígida i inexpressiva, amb la pell tota tibant.

—Què vols? —va preguntar-li.

Amb prou feines movia els llavis, en parlar. Saltava a la vista que tenia la cara paralitzada. L'Olga va pensar que podia ser culpa d'un accident o d'una operació fallida.

—Hi viu un noi que es diu Àlex, en aquest pis?

La dona va dirigir-li una mirada buida i va limitar-se a moure el cap.

—I abans que vingués vostè? —va insistir—. Ho sap?

—Fa menys d'una setmana que m'he instal·lat —va explicar la dona—. No en sé res, dels inquilins d'abans.

L'Olga ho va entendre perfectament: ella no coneixia un noranta per cent dels veïns, tot i que vivia des de sempre en aquell edifici. I els únics que coneixia era de veure'ls passar.

La porta es va tancar de nou, i l'Olga va quedar-se mirant l'espiell amb l'esperit absent. Al cap de no gaire va percebre un moviment a l'altra banda: la dona l'estava espiant.

Se'n va tornar cap a casa tota nerviosa. L'havia inquietat aquella cara inexpressiva, i aquell ull fix clavat a l'espiell.

Sempre espiaven, aquells veïns. Era com si prestessin un dels seus ulls a les portes perquè mirés el que ells no gosaven veure. Sempre restaven al marge. Sempre deixaven que els altres se sacrifiquessin per ells.

Mentre baixava les escales, seguida per ulls invisibles, l'Olga anava pensant com n'era de fàcil desaparèixer sense deixar rastre. L'Àlex s'havia esfumat com aquells dos nois cinquanta anys enrere. Qui se'n recordaria, d'ells? Qui recordava les persones que morien perquè els altres poguessin viure?

De l'Àlex, no en quedava el més mínim indici.

No obstant això, l'Olga va prosseguir les seves investigacions. Encara no havia aprofundit prou en els misteris dels ascensors. La veritat, com deia la dita, era sempre al fons d'un pou.

I com que l'Olga era una noia que es prenia les coses al peu de la lletra, un dia va baixar al pou de l'ascensor a donar-hi un cop d'ull.

Ho va fer de matinada, quan tothom dormia. Primer va armar-se de valor i va pujar a peu fins a la sala de màquines. La seva porta grisa li va tallar el pas com una mà amenaçadora. Era un avís que sobrava: no tenia cap intenció d'obrir-la, ella. Ni tampoc l'hauria pogut obrir, perquè la clau no estava penjada al seu lloc. A la capsa vermella («NOMÉS PERSONAL AUTORITZAT») va trobar únicament la clau tubular que buscava.

Amb aquella clau va obrir la porta de l'ascensor al replà del primer pis i va baixar al fons del pou, a la recerca de la veritat.

No hi havia cap joia, suposant que n'hi hagués hagut mai.

O potser havia passat comptes, l'intrús.

Va inspeccionar el terra amb l'ajuda de la llanterna: ciment, burilles, xavalla, embolcalls, cacauets.

I una figureta de plàstic. El déu Anubis, l'home amb cap de xacal. Jeia abandonat entre la brossa, indignament, com si els déus antics haguessin perdut tot el prestigi.

A l'Olga se li van il·luminar els ulls en veure'l, i després se li van omplir de llàgrimes.

Podia ser una galindaina perduda des de temps immemorial. Ella, però, se la va guardar a la butxaca com si fos una prova i alhora un talismà.

Va arribar la primavera i l'ascensor semblava funcionar correctament. No li constava que s'haguessin produït incidents particularment remarcables. L'Olga va començar a agafar-lo de nou en plegar de l'institut, i de tant en tant hi trobava algun veí.

Aquestes trobades la feien sentir estranyament incòmoda.

No era la típica incomoditat pel fet de compartir una cabina estreta amb un desconegut.

L'Olga se sentia observada.

Tenia la desagradable sensació que aquells desconeguts li dirigien mirades de gelosia o d'enveja. Era com si sabessin alguna cosa que ella ignorava. O com si la prenguessin per una persona que no era.

O com si li atribuïssin poders que no tenia.

El cas és que finalment va estimar-se més prescindir de l'ascensor i pujar a peu, encara que fossin divuit pisos.

Les mirades furtives, però, tampoc no es van acabar.

Les sentia a la nuca a través dels espiells.

Quan li passava això, estrenyia fort el déu Anubis —instal·lat al fons de la seva butxaca— perquè la protegís del mal d'ull.

L'ascensor, només l'agafava quan hi podia anar tota sola, però en aquests casos tampoc no estava tranquil·la del tot.

Les mirades dels veïns la feien pensar en l'entreplanta.

Era com si les seves mirades li donessin a entendre que en coneixien l'existència, que sabien la clau per arribar-hi, i que en qualsevol moment hi podia anar a parar.

Era com si s'estigués preparant un altre sacrifici.

L'Olga procurava no pensar en l'entreplanta, ni en sacrificis, fins que van tornar a començar els incidents.

Eren més aviat microfenòmens que passaven desapercebuts, però que *passaven*, i per detectar-los només calia estar a l'aguait.

De vegades s'obria inesperadament la porta contrària de l'ascensor, mentre esperaves algú, i posava al descobert la paret del pou. Era una paret cega feta de maons, que recordava els nínxols dels cementiris.

De tant en tant, la despertava l'udol de l'alarma a mitjanit, però amb prou feines durava dos segons: ben bé com una falsa alarma.

Una tarda, mentre l'ascensor la duia pou amunt, va sentir una flaire repulsiva en passar entre dues plantes.

«Entre dues plantes», va dir-se. I un forat negre es va obrir a la seva ment, evocat per aquella pudor de descomposició que havia sentit algun cop, però no volia recordar on.

Hi havia altres microfenòmens encara més imperceptibles, com ara la manera com el mirall de l'ascensor deformava el teu reflex; o les petites protuberàncies que notava en fer córrer els dits per les parets de la cabina, com si hi hagués missatges escrits en una mena d'alfabet braille. Fins i tot en certs moments el mirall semblava tornar-se transparent com si en lloc d'un mirall fos una finestra.

N'hauria parlat gustosament, d'aquestes coses, però no coneixia ningú de mentalitat prou oberta perquè no la prengués per boja.

També era possible que s'estigués tornant boja, naturalment. Això explicaria les rialles que sentia de tant en tant, i que no sabia si venien de fora o del seu interior. Per més alerta que estiguessis, era molt difícil de percebre l'instant concret en què passaves la ratlla que separava el seny de la bogeria.

Potser ja l'havia passat, ella, feia molt i molt de temps.

Mentrestant, la gent assenyada seguia celebrant les victòries del seu equip amb crits d'entusiasme que ressonaven per l'ull de l'escala. També hi ressonava l'eco de les discussions matrimonials, i les escridassades entre pares i fills.

L'Olga cada cop els trobava més estrets, aquells pisos. Cada cop s'assemblaven més a cabines d'ascensor. Com més a l'abast teníem la immensitat del món, més petits es tornaven els pisos.

L'Olga començava a sospitar que la maquinària es tornaria a posar en marxa ben aviat, ja que molta gent es mudava i els seus pisos eren ocupats per llogaters nous.

O potser també era un efecte de la maquinària, això: fer marxar la gent que sabia massa coses i acollir els innocents amb els braços oberts.

Potser treballaven d'aquesta manera, els déus protectors.

Entre els llogaters nous hi havia la dona de la cara paralitzada. La trobava sovint al vestíbul, inspeccionant els fullets de propaganda escampats sobre les bústies.

De tant en tant, misteriosament, li preguntava per l'Àlex:

—Què? —li deia—. Ja has trobat el teu amic?

Ella sempre feia que no amb el cap. Era incapaç de desxifrar quines emocions s'amagaven darrere d'aquella cara semblant a una màscara.

No obstant això, no li va costar gens descobrir que passava llargues estones davant de les bústies.

Era el seu lloc preferit de l'edifici.

Una nit —l'Olga quasi sempre investigava de nit—, va baixar al vestíbul i va obrir la bústia dels desitjos.

Li constava que infringia un dels seus principis més estrictes —no tafanejar els secrets dels altres, a risc de sortir-ne escaldada—, però els secrets d'aquella dona impassible li despertaven una curiositat incontenible.

Així doncs, va ficar els dits al forat interior de la bústia i en va treure un bon grapat de papers doblegats.

A la primavera germinava tot, incloent-hi els desitjos.

Va anar llegint els missatges a carrera feta, i es va anar assabentant dels somnis i misèries dels residents.

Finalment va trobar el que buscava.

Estava escrit amb tinta verda —aquests detalls s'aprenien aviat— i deia el següent:

«Vull curar-me de l'operació de cirurgia estètica que em va deixar la cara paralitzada.»

«Una operació de cirurgia estètica», va pensar l'Olga, mirant-se al mirall que hi havia al damunt de les bústies. «Va quedar així en operar-se la cara.»

Va tornar a plegar el paperet i a guardar-lo a la bústia juntament amb els altres.

Alguns rumors corrien molt de pressa, algunes coses s'aprenien aviat.

Li va venir a la memòria una frase: «Si la vida t'ensenya alguna cosa, és que cal acostumar-se cada vegada més a la pèrdua de les persones que ens importen».

Després en va recordar una altra, que semblava el seu complement inevitable: «Però si la mort també te n'ensenya alguna, és que cal confiar en la possibilitat, per remota que sigui, de retrobar-les algun dia».

L'Olga es va treure una llibreta de la butxaca, en va arrencar un full i va apuntar-hi amb un bolígraf verd que sempre duia a sobre: «Vull que torni l'Àlex».

Tot seguit el va doblegar i va deixar-lo caure dins el forat negre de la bústia.

Es podien aconseguir moltes coses, a còpia de sacrificis.